Hanns Dieter Hüsch

# Meine Geschichten

## „Sie müssen bei uns im Schrank gesessen haben“

Mit farbigen Illustrationen
von Jürgen Pankarz



HERDER
FREIBURG · BASEL · WIEN

Gedruckt auf umweltfreundlichem,
chlorfrei gebleichtem Papier

2. Auflage


www.herder.de
Lizenzausgabe mit freundlicher Genehmigung
der Edition moses Verlags GmbH
Herstellung: fgb · freiburger graphische betriebe 2002
www.fgb.de
Umschlaggestaltung und Konzeption:
R·M·E München / Roland Eschlbeck, Liana Tuchel
Umschlagmotiv: Jürgen Pankarz
ISBN 3-451-05275-X

## *Inhalt*

*Inhalt*

## *Ungerechter Tag*

Heute war ein völlig ungerechter Tag. Ich hab mich heute völlig daneben benommen, heute morgen. Heute morgen habe ich mich so daneben benommen, ich war so richtig, wie sagt man, ich war so richtig eigensüchtig. Sie kennen ja den alten Satz, den wir vor Jahrzehnten leider schon mal hatten – Gemeinsucht geht vor Eigensucht. Aber man kann nicht immer alles auf den Tag, oder vor allen Dingen auf die Augen schieben, obwohl mein Augenlicht in der letzten Zeit sehr nachgelassen hat. Also, es ist so, wenn einen der Optiker schon zum Augenarzt schickt, das ist schon gefährlich. Dann ist in der Branche etwas nicht in Ordnung. Jedenfalls, also, umgekehrt ist es natürlich noch schlimmer, wenn einen der Augenarzt zum Optiker schickt. Ich wollte nur sagen, wenn ich z. B. eine Tasse, gespült und abgetrocknet, persönlich gespült und selbst abgetrocknet, das kann ich seit dem

8. März, da war ja Weltfrauentag. Ja, das muß ich den Frauen immer sagen, die vergessen das meistens: Der 8. März ist der wichtigste Tag des Jahres! Also, ich versuche, die Tasse zurück in den Schrank zu stellen, da muß ich inzwischen schon mit Kimme und Korn arbeiten. Manchmal mehr mit Korn als mit Kimme, jedenfalls, ich schlage unweigerlich in letzter Zeit oft mit dem unteren Rand der Tasse gegen die Bordkante der Schrankplatte, ich meine, so was kann man ausgleichen, da kann man mit leben, dann hat man eben nicht alle Tassen im Schrank, so sagt man ja auch, nicht wahr?! Aber, wenn man schon drei Brötchen für vier Brötchen hält, das ist dann schon, also morgens, dann sollte man schon über sich nachdenken, dann sollte man schon seine Soziabilität näher untersuchen lassen, am besten von der eigenen Frau! Es war nämlich heute morgen so. Es lagen auf unserem Frühstückstisch, kun-

terbunt, is 'n Lieblingswort von mir, kunterbunt, lagen also drei Brötchen auf dem Frühstückstisch kunterbunt herum. Und drei Brötchen, geteilt durch Mann und Frau – verzeihen Sie, durch Frau und Mann, das sind so kleine Prioritäten, durch Frau und Mann, dann bekommt jeder nach Adam Riese eineinhalb Brötchen. Aber zunächst, ich bitte Sie, macht man doch diese Rechnung gar nicht auf, zunächst hat man Hunger! Und schlägt zu und redet und erzählt und ist ganz Frühstücksmensch. Mal Käse, mal Wurst und Halli und Hallo und findet den Tag, die Zeit und die Welt ganz in Ordnung, alles ist in Butter. Man ißt drauf los, wie einem der Schnabel gewachsen ist, bis dann die eigene Frau ganz plötzlich fragt: »Wo ist eigentlich meine Brötchenhälfte?« Diese Frage scheint durch alle Stände zu gehen, habe ich den Eindruck. Hahaha! Klassenlose Frage. »Ich habe nur ein Brötchen gegessen«, sagt dann die eigene Frau. »Ja«, sage ich, »das ist ja jetzt ganz dumm, dann muß ich wohl oder übel wohl zwei gegessen haben.« »Ja, dann mußt du wohl oder übel wohl zwei gegessen haben.« Und wenn Frauen so etwas dezidiert wiederholen, das ist ganz gefährlich, ganz gefährlich, dann sollte man gleich auf den Flur flüchten. Es gibt sogar Sätze, da ist es ratsam, eine Weltreise anzutreten. »Das Dumme«, hab ich dann zu meiner

Frau gesagt, »ist ja nur, daß ich dir deine Hälfte nicht mehr zurückgeben kann. Die steckt jetzt hier in meiner Brust. Ich kenn mich da anatomisch nicht so aus.« »Das hätte ich mir ja denken können«, sagt meine Frau, »ich wollte doch noch Marmelade essen und zwar nicht auf Graubrot, sondern auf meiner Brötchenhälfte.« »Ja«, sage ich, »das ist jetzt dumm, da hab ich falsch gerechnet – ich hab immer an vier Brötchen gedacht.« »Ja, an mich denkst du überhaupt nicht, immer nur an deine vier Brötchen.« »Ja«, sage ich, »das tut mir jetzt leid, und es soll bis zum nächsten Mal auch nicht wieder vorkommen.« Beim nächsten Mal hole ich einfach fünf Brötchen. Damit bin ich doch wenigstens aus dem Schneider, rein rechnerisch, moralisch weniger, aber rechnerisch schon, oder?

# *Mein Auge juckt*

Es gibt einen Satz, der steht auch in der Bibel, ich weiß zwar nicht genau wo – ist auch egal. Jedenfalls, Sie kennen ihn auch: »Wenn dich dein Auge ärgert, reiß es aus und schenk es deinem Bruder«, so ähnlich jedenfalls. Oder deinem Schwager – ist egal, jedenfalls, das Auge soll in der Familie bleiben. Also, aber mich ärgert mein Auge ja nicht, sondern es juckt nur manchmal. Und dann muß ich reiben, ob ich will oder nicht. Ich halte das Jucken dann einfach nicht aus, ich fange an zu reiben, bis es einigermaßen vorbei ist, bis ich mit dem Auge meine Ruhe wieder habe. Dann sagt meine Frau jedesmal: »Läßt du wohl das Reiben sein, läßt du wohl das Reiben sein, laß das Auge bitte drin, laß das Auge bitte drin! Du reibst das Auge ja raus, laß es bitte drin.« »Ja, wenn es sein muß, mach ich das auch, ich halte die Juckerei nicht mehr aus.« »Das bißchen Jucken wirst du wohl noch aushalten.« »Hast du ’ne Ahnung, hast du ’ne Ahnung, das ist doch der Juckreiz, der das Ganze so schlimm macht, das macht nur der Reiz,nicht das

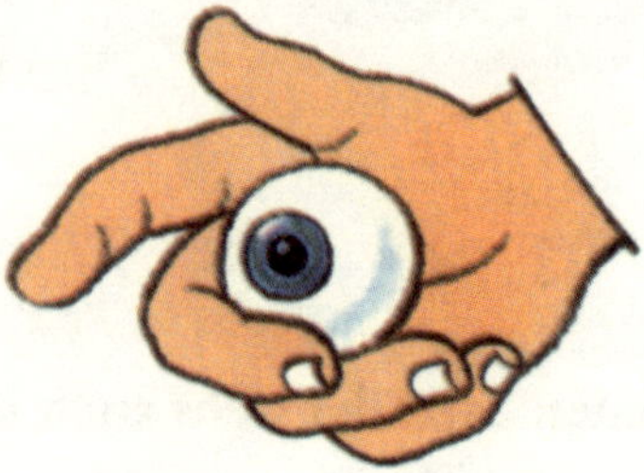

Jucken.« »Dann beißt man eben mal für ’n Moment auf die Zähne, das wird ja wohl noch möglich sein.« »Das weiß ich nicht, ob das möglich ist, da schon wieder, es fängt schon wieder an.« »Ja, weil du immer dran reibst, du mußt das Auge einfach übersehen, dafür ist das Auge doch da, daß man’s übersieht. Dann juckt’s auch eines Tages nicht mehr. Jucken und gucken – das hängt doch seit altersher zusammen, Menschenskind.« »Ja, ja«, sag ich, »eines Tages, eines Tages, aber jetzt ist doch der entscheidende Augenblick, das hält doch kein Schwein aus, ich bin doch kein Berufsstoiker, verdammt nochmal. So ’n Auge ist doch auch dafür da, daß man manchmal dran reibt.« »Aber nicht, wenn es juckt.« »Grade, wenn es juckt, wenn die Nase sticht, soll man auch dran reiben, dann gibt es schönes Wetter.« »Nein, dann gibt es Geld.« »Gut, dann gibt es Geld.« »Aber beim Auge gibt's nix, so ist es doch. Da machste höchstens 'ne Bindehautentzündung draus.« »Sprich doch nicht gleich von einer Entzündung, das ist doch nur 'ne kleine Reizung.« »Du machst aber 'ne Entzündung draus, weil du ewig dran reibst.« »Ewig ist doch gar nicht wahr.« »Ewig ist ja wohl wahr.« So geht es bei uns zu, wenn mein Auge juckt. Da können Sie was erleben. Da fliegen aber die Bindehautfetzen.

## *Das tückische Brot*

Ich weiß gar nicht, ob Sie ein Pechvogel sind, oder sich dazu zählen? Ich meine, es gibt ja so Leute, die immer sagen: »Das konnte nur mir passieren!« Das, das sind also so Berufspessimisten. Ich bin kein Berufspessimist, aber ich sage auch oft: »Das konnte nur mir passieren!« Also Berufspessimist, das ist mir zu anstrengend. Immer mit so 'm gebeugten Rücken, und mit so verbitterten Lippen und so verfolgungssüchtigen Falten auf der Stirn, also, das habe ich hinter mir. Ich glaube das wenigstens, also ich bilde es mir ein. Ich möchte mehr so 'n komischer Pechvogel sein, wissen Sie, dem alles Mögliche mißlingt, der sich aber dennoch dabei wohlfühlt, also ziemlich krank. Jedenfalls, also, die Geschichte mit den Tüten, die kennen Sie ja. Die habe ich Ihnen, glaube ich, schon mal erzählt. Ich komme jetzt in das Alter, wo ich aufpassen muß, daß ich mich nicht wiederhole. Neulich hat mir ein Freund innerhalb von zwei Tagen dreimal dieselbe Geschichte erzählt. Ich habe ihn aber nicht unterbrochen, ich habe gesagt, »der braucht das jetzt, komm laß ihn in Ruhe.« Das ist wichtig für sein Selbstwertgefühl und so. Also die Geschichte mit den Tüten: Sie haben etwas eingekauft, Sie haben eine Einkaufstüte. Sie ist relativ schwer, Sie wollen sich einen Moment ausruhen, die Tüte absetzen, die Tüte lehnt sich nie an die Wand an, sie kommt immer zu Ihnen zurück. Das ist die Geschichte mit den Tüten. Ganz simpel, Sie haben's x-mal erlebt, haben Sie aber wahrscheinlich noch nicht verinnerlicht. Jedenfalls, was diese Tüten sich zur Zeit mit uns Menschen gegen Ende des 20. Jahrhunderts erlauben, ist eine Dreistigkeit sondergleichen. Ich habe schon den Trick angewandt, die Tüte vorher rumgedreht, es hat keinen Sinn – sie kommt immer zu mir zurück. Eine Unverschämtheit, eine philosophische Erniedrigung auf die Dauer! In dieselbe Schublade fällt auch folgende Geschichte. Wenn ich die Zeit anrufe, weil ich nicht weiß, ob meine Uhr noch geht oder ob sie vor- oder nachgeht usw., kommt bei mir jedesmal immer nur »und 58 Sekunden«, aus! Da kommt nie »13 Uhr 42 und fünf Sekunden«, da kommt immer nur »und 36 Sekunden«. Ich hab den Verdacht, daß die Sprecherin meine Stimme kennt und sagt: »Dem spiele ich einen Streich, der kriegt den ganzen Tag die Zeit nicht raus.« Das wird ganz bestimmt der Fall sein. Die Geschichte mit dem Butterbrot, die kennen Sie auch, die Geschichte mit dem Butterbrot und ähnlichen Streicheleinheiten also. Das ist 'ne katastrophale Geschichte, das sage ich gleich vorweg. Aber ich möchte sie nicht für mich behalten. Ich denke, sie geht uns alle an, die wir das Abendland lieben und retten wollen. Also, ich mach mir 'n Butterbrot, nicht groß hingesetzt, habe ich gar keine Zeit zu. Ne, so an der Anrichte stehend – so zwischen drittem und viertem Frühstück. Ja, ja, man soll ja kleine Häppchen, aber öfter essen, sagt meine Frau immer. Lieber kleine Häppchen – aber öfter, nicht. Na, ja, ich schmier mir also das Brot mit Butter und Leberwurst oder Kräuterkäse, schneide es in vier Teile, dann habe ich vier Gänge, und ich mach auch zwischen jedem Teil eine kleine Pause, 'ne kleine, und man soll ja auch jedes Teil gezielt und bewußt essen, jedes Teil, sonst ist das nicht gesund. Sonst ißt man einfach drauf los und hat ja nichts davon, jedes Teil, und wenn's noch so klein ist, gezielt und bewußt essen, als hätte man eine Riesenplatte vor sich. Das ist gesund. Und dann fällt plötzlich von den Vieren ein Teil runter auf den Boden oder auf die Hose, Wurscht, obwohl vielleicht Käse drauf ist. Das Brot fällt jedesmal, wenn es fällt, mit der geschmierten Seite, also mit Butter und Leberwurst nach unten, nie nach oben, nie nach oben, nicht wahr. Also, die geschmierte Seite liegt nie oben, sondern immer auf dem Teppichboden, auf dem Parkett oder, wenn ich sitze, auf der Hose oder auf der Zugspitze, öh, auf der Schuhspitze. Ganz besonders schlimm sind ja die Brote mit Fleischsalat, das sind die ekelhaftesten Brote, Brote mit Fleischsalat. Neulich bin ich mit einem Transparent durch die Stadt gezogen. Vor lauter Wut stand da drauf: »Nieder mit dem Fleischsalat, nieder mit dem...« Die Leute wußten gar nicht, für welche Partei ich Reklame machen wollte! »Nieder mit dem Fleischsalat.« Oder mit Fisch in Tomatensauce, das ist genau so schlimm, das ist ganz schlimm. Das ist fast noch schlimmer, da lebt ihr aber gefährlich, sage ich immer. Das steht ja auch auf der Seite drauf, auf der Konservendose. Haben Sie sicher schon mal gesehen, auf dieser Fischdose? »Der Bundesgesundheitsminister: Lecker aber gefährlich!« Müssen Sie mal drauf achten. Ist Ihnen wahrscheinlich noch gar nicht aufgefallen. Ich meine, in der Eile der Zeit, in der Hektik des Tages, wie man so schön sagt, in der Hektik des Tages. Kommen Sie mir nur nicht physikalisch – mit dem Gesetz vom freien Fall, oder diesem Dings, wie heißt, wie heißt der Bursche mit diesem Murphyschen

System. Das Brot kann ja auch mal an mich denken. Aber es denkt nicht dran, nein, es fällt jedesmal voll auf die Schnauze, mit angemachtem Gervais, mir auf die Hose, die ich grade ganz frisch für meine Laudatio bei den Kleinkünstlern in Mainz angezogen habe. Und oft kann ich die Hose auch nicht mehr umtauschen, denn ich sitz schon im Intercity, und ich hab nur eine mit, dann sagt meine Frau jedesmal hinterher: »Wie kann man nur eine Hose mitnehmen, das ist doch, das ist... Wann wird dieser Mann endlich mal erwachsen, nimmt nur eine Hose mit, das ist doch wirklich kindisch, ist doch absolut kindisch. Man nimmt doch mindestens zwei mit, es kann doch immer was passieren, es kann doch immer was dazwischenkommen. Nimmt nur eine Hose mit, ich begreife..., da kann man zu Hause reden, reden, reden. Ist 'ne Erziehungsfrage, nimmt nur eine... Milliarden Männer, dieser eine muß es sein, nimmt nur eine Hose mit. Das kann ich nicht, das werde ich nie begreifen«, sagt sie, »das werde ich nie begreifen, nicht wahr – ist jetzt über 70 und nimmt nur eine Hose mit. Mit 80 nimmt er wahrscheinlich gar keine mehr mit.« (Das habe ich gewußt, das habe ich gewußt, ja, daß Sie da lachen würden!)

Nieder mit dem Fleischsalat!

## *Schlechtes Wetter*

Übrigens, ehe ich es übersehe, es kommt ja bald wieder die Zeit, wo Sie Ihre Tiere aussetzen können oder auch alte Menschen, da müssen Sie sich mal mit der Familie zusammenhocken, was da nun bei Ihnen rein von der Situation her Vorrang hat. Das kann man an einem Wochenende mal machen. Ja, die Übergänge in diesem Buch sind manchmal sehr abrupt. Aber so haben wir's doch immer gewollt, nicht wahr! Wann werden Sie wieder mal provokant, Herr Hüsch? Jetzt sind wir's mal, danke schön, vielen Dank. Nein, nein, ich meine, außerdem gehöre ich ja doch zu den Menschen, die es anderen nie recht machen können. Ich hatte neulich ein Erlebnis. Ich weiß nicht, ob Sie den Kölner Hauptbahnhof ein bißchen kennen. Ich stand auf Gleis elf, das ist das letzte Gleis, wirklich das allerletzte Gleis. Und, da hole ich öfters meine Frau ab, und die kommt da mit so zwei bis drei Taschen, und dann gehe ich ihr immer entgegen und gehe ihr ein bißchen zur Hand. Da stand ich so blöd rum und guckte so dämlich durch die Gegend und wartete. Auf einmal sprach mich ein Mann an und sagte: »Ah, der Herr Hüsch benutzt also auch die öffentlichen Verkehrsmittel.« »Ja«, sagte ich, »warum nicht, aber heute hole ich nur meine Frau ab.« »Was heißt denn nur«, sagte der Mann, »was heißt denn nur?« »Ja sicher«, sagte ich, »meine Frau ist natürlich mehr wert als nur.« »Ja, das wollt ich auch sagen«, sagte der Mann. Ich sagte: »Ich wollte ja nur damit sagen, daß ich heute nicht mit dem Zug fahre, sondern nur jemanden abhole, weil Sie gesagt haben: Ah, der Herr Hüsch benutzt also auch die öffentlichen Verkehrsmittel.« Darauf entstand eine kleine Pause, weil ich schon merkte, wie tief ich diesen Mann wieder enttäuscht hatte, nicht wahr. Es war die Woche der Enttäuschungen. Aber dann sagte ich doch, wohl mehr aus Verlegenheit, nach 'ner kleinen Pause: »Sauwetter, heute.« Darauf sagte der Mann: »Find ich gar nicht.« Pause! »Na, ja«, sagte ich, »der ewige Regen.« Darauf der Mann: »Was wollen Sie eigentlich, wir haben schließlich November.« Das war damals die erste Regenzeit, ich weiß nicht, ob Sie sich noch erinnern können. September, Oktober, November '93. Das war damals die erste Regenzeit, September, Oktober, November. Und, da bin ich immer auf die Leute los und hab dann mit einem Freund zusammen die Leute gefragt: «Also, der Regen, finden Sie nicht auch, der macht einen ja mittlerweile ziemlich depressiv, nicht wahr?« Darauf sagten die meisten Leute, fast jeder zweite sagte zu mir: »Ja, aber Herr Hüsch, seien Sie mal nicht böse, der Bauer braucht den Regen.« Ich hab da immer schon drauf gelauert: »Der Bauer braucht...« Als es dann ein bißchen eisiger wurde, bißchen bitterer wurde, 'n bißchen winterlicher wurde, da habe ich folgendes gemacht, da bin ich auch auf die Leute zu und habe gesagt: »Ha, dieser Winter ist ja inzwischen widerlich, nicht wahr.« Worauf die meisten sagten: »Ja, aber wissen Sie, diese trockene Kälte ist mir doch lieber als das naßkalte Nieselwetter.« Tausende haben diesen Satz gesagt, Tausende, jederzeit. Sie haben den bestimmt auch gesagt, mindestens zwanzigmal, diesen Winter. Und dann wurde immer ein Wort dazu gesagt, was sonst selten vorkommt: »Diese trockene Kälte ist mir dann letzten Endes.., letzten Endes doch lieber als das naßkalte Nieselwetter.« Ich hab sogar bei Taxifahrern Souffleur gespielt. Da bin ich mit dem Taxi gefahren, ich saß vorne rechts neben dem Taxifahrer und dann habe ich den richtig provoziert und gesagt: »Wissen Sie,

dieser Winter ist ja für Sie auch als Taxifahrer, Sie stehen ja immer stundenlang rum und warten auf Kundschaft, das ist ja auch dann ziemlich widerlich, nicht wahr.« »Ja«, sagte der, »schon, aber, wissen Sie, ich muß Ihnen doch sagen, diese...« Ich sagte: »Diese trockene Kälte...« »Ja, diese trockene Kälte ist mir dann doch letzten Endes lieber als dieses naßkalte Nieselwetter.« »Ja, dieses naßkalte Nieselwetter.« Wahnsinn! Aber zurück auf Gleis elf. Der Mann stand ja immer noch da, nicht wahr. »Ja, was wollen Sie eigentlich. Wir haben schließlich November, das muß man sich nur mal klarmachen.« »Ja, sicher«, sagte ich, »das stimmt ja schon, aber ich habe auch schon Ende November noch schöne Tage erlebt, wo's nicht so ungemütlich war.«

»Ich hab schon ungemütlichere Zeiten erlebt«, sagte der Mann. »Ja schon«, ich war schon ganz kleinlaut, ich war schon völlig am Boden, nicht wahr, »aber es ist doch schon ganz schön kalt.« »Dann muß man sich eben warm anziehen.« »Natürlich«, sagte ich, »warm anz..., ist ja klar. Ich hab ja auch 'n Schal und Pullover. Sie haben ja auch 'n Pullover.« »Den habe ich immer an«, sagt der Mann, »den habe ich immer an.« Obwohl er mir gar nicht so aussah, als wenn er nur einen Pullover für den ganzen Winter hätte. Und auf einmal machte mir die Sache Spaß und ich wiederholte: »Aber ungewöhnlich ist es doch.« »Reden Sie doch kein Blech«, sagte er, »Sie sind doch Schriftsteller.« »Ja, 'n bißchen schon, manchmal, aber deswegen muß ich doch frieren.« »Also, Ihnen kann man's wohl nie recht machen«, sagte er, »scheint die Sonne – ist's Ihnen zu heiß, regnet's – ist es Ihnen zu gefährlich, wenn es friert – kriegen Sie gleich das Zipperlein.« »So ist es, so ist es, ganz genau.« Und dann kam sein Stadt-Expreß. Auf dem Führerwagen stand oben groß drauf geschrieben: Bergisch-Gladbach. Ich sagte noch: »Danke für das Gespräch.« Aber er drehte sich schon gar nicht mehr um. Ja, und dann kam meine Frau und sagte: »Mein Gott, ist das heute wieder ungemütlich.« Und ich sagte: »Find ich gar nicht!«

# *Dinosaurier*

Wir waren neulich bei den Dinosauriern. Die hatten uns eingeladen, nein, es war so: Ich hatte meine Frau eingeladen. Wir waren sowieso im Zoo, wegen der Tiere, nicht, und da habe ich gesagt: »Komm, laß uns doch mal bei den Dinosauriern vorbeigehen, bei unseren Vorfahren gewissermaßen, bevor die völlig ausgestorben sind.« »Ja, leben die denn noch?« »Ja, ich weiß es auch nicht, zum Teil vielleicht. Jedenfalls die Ausstellung geht noch bis tief in den Winter hinein. Und dann werden die wohl sicher wieder zurück in den Urwald gebracht, weil die können ja, die können ja hier auf die Dauer nicht existieren. Nehme ich doch an.« »Die sind doch längst tot«, hat meine Frau gesagt, »Wat redste wieder für 'n Blödsinn.« Ich sage: »So viel ich weiß, ist das von Tier zu Tier verschieden.« »Dat is doch dumme Quatsch, von Tier zu Tier verschieden. Das ist doch mindestens drei oder vier Millionen oder Milliarden Jahre her. Hier in der Ausstellung, das sind doch alles nur Attrappen.« »Ja, ich weiß et nicht«, hab ich da gesagt. »Sie sollen sich aber bewegen und so Schreie ausstoßen. Und die Kinder, die sollen furchtbare Angst haben.« »Die Kinder von den Dinosauriern...?« »Nein, die richtigen, also unsere...« »Unsere sind doch gar nicht da, also die Kinder von den Dinosauriern haben sicher auch Angst, wenn die so viele Menschen sehen wie mich und dich.« Ja, und dann sind wir dann dahin, nicht, und ich muß sagen, wunderbar, wunderbar! Ne, wirklich wahr, jetzt mal ohne Flachs, wunderbar! Einwandfrei, ne. »Nein wirklich wahr, kann man nicht selber machen«, hab ich noch zu meiner Frau gesagt, »wunderbar, ne, wirklich wahr!« Also, jedenfalls, ich war angenehm enttäuscht! Also, alles so gemacht, in so 'nem großen Zelt, also altertümlich, wollen mal sagen, so mit Wüste und Urwald alles, und zuletzt kriegt man schon 'n Schrecken, weil die Dinger – die Dinosaurier, dat sind ja Riesenkawenzmänner, Riesenkawenzmänner. Die bewegen sich ja alle in dem Zelt, sehr eindrucksvoll, muß ich wirklich sagen. Also, dann haben die ganz lange Hälse, sprachen auch immer dazu, konnte man natürlich nix verstehen, einfach so: »Hoa boa hoa...« Und es war voll in dem Zelt, sage ich Ihnen. Die

Kinder hatten zwar Angst, aber die sind ja ganz verrückt danach, die Blagen. So kleine Dinosaurier konnte man auch kaufen, also nicht lebendig, so als Erinnerung für Zuhause zum Spielen, nicht. Und dann habe ich noch zu meiner Frau gesagt: »So 'n klein Nashorn bei uns im Garten wär auch nicht schlecht.« »Du bist ja verrückt«, hat da meine Frau gesagt, »die werden doch größer und größer und passen schließlich gar nicht mehr ins Haus.« »Ja«, sage ich, »wir ja auch, und Dinosaurier sind auch nur Menschen. Stell dir nur mal vor: In zehn Millionen Jahren, da sind wir vielleicht in so 'nem Zelt ausgestellt, ne. Ja, und die Zuschauer, das sind dann schon wieder die ganzen neuen Dinosaurier von der Zeit, das geht ja immer rund in der Natur, wie gesagt. Und wir bewegen uns dann auch, und vom Tonband hörste uns dann vielleicht sprechen, wie sagen wir mal: Hallo Emil, wie geht es dir, was macht Hertha, schönen Tag noch, morgen ist Mittwoch, Gruß zu Hause. Hallo Emil, wie geht es dir, was macht Hertha, schönen Tag noch, morgen ist Mittwoch, Gruß zu Hause. Hallo Emil, wie geht es dir, was macht Hertha, schönen Tag noch, morgen ist Mittwoch, Gruß zu Hause.« »Du spinnst doch«, hat meine Frau gesagt. »Ja«, sage ich, »jeder kommt mal dran, ne.«

## *Kein Kenner*

Sagen Sie mal, hab ich Ihnen eigentlich schon gestanden, daß ich kein Kenner bin? Kenner, das sind ja ganz spezielle Menschen, das sind nicht nur Spezialisten, das sind also, das sind Superspezialisten. Kenner, das sind so, also wenn man einem sagt, »ich hatte neulich im Namen der Gürtelrose Herpes Zoster«, dann sagt ein Kenner gleich: »Kenne ich, hatte ich auch schon.« Wissen alles, haben alles, können alles. Ich bin immer sofort ganz neidisch, ich hab ja keine Ahnung von, sehen Sie mal, ich weiß wirklich so gut wie nix. Ich bin auch kein Weinkenner, obwohl ich 40 Jahre in Mainz gelebt habe, ist eigentlich 'ne Schande. Aber ich beneide immer so Leute, die so 'ne Weinkarte rauf- und runterlesen können, nicht wahr, wissen Jahrgang und Hanglage und alles. Und auch so Leute, die am Tisch sitzen, die Flasche in der Hand, da sitzt die Familie, da steht der Ober, und die dann immer sagen: »Ja, ich glaube, den nehmen wir, den finde ich sehr gut, den Wein, ja. Ne, also der ist auch sehr leicht.« »Ja, der ist sehr leicht«, sagt der Ober, »zum Mittagessen, sehr leicht und sehr bekömmlich, bekömmlich und leicht und trocken, äußerst trocken«,

sagt der Ober, »äußerst trocken, den trinke ich auch immer«, hat der Ober schon fünfmal gesagt, nicht wahr. »Ja, ich glaube, den nehmen wir wirklich.« Also, wenn ich daneben sitze, werde ich immer weiß vor Neid, ich hab keine Ahnung. Ich bin auch kein Tabakkenner, kein Pfeifensammler, ich bin auch kein Menschenkenner, auch kein Frauenkenner. Ich meine, ich kenne schon 'ne Menge Frauen, aber immerhin. Ich bin auch kein Autokenner, ich bin auch kein Teekenner. Das ist ja ganz schlimm, wenn man kein Teekenner ist, nicht wahr! Da gibt's so Leute, die bezahlen für 'ne Teekanne schon so viel Geld wie für 'ne Gebetsmühle. Früchtetee z. B., ich hasse Früchtetee, da komme ich nicht mit zurecht, nicht wahr. Ich bin eben kein Kenner. Habe ich neulich noch zu einer alten Freundin gesagt, d. h. so alt ist sie auch wieder nicht, also ich wollte sagen, zu 'ner langen Freundin, obwohl sie nur 1,65 m ist, daß ich kein Teekenner bin, hat die sich bald umgebracht, hat sich bald umgebracht! Ich sage, ich will auch gar kein Kenner werden. Wir saßen in Nürnberg, in einem Hotel, im Frühstücksrestaurant, waren auf Tournee und so, und ich wollte einen schwarzen Tee. Da bekam ich so 'n Blättertee, mit so 'nem Porzellanaufsatz, den man so hoch- und runterzieht, und an den Seiten quaatscht der Tee schon so raus. Und das am Morgen, das ist ein furchtbares Hantieren, nicht mit mir. Und da sagt meine lange, alte Freundin, der Tee wäre ja besonders gut mit den Blättern und wäre auch besonders fein, wenn er in diesem Porzellanaufsatz gefiltert würde. Und ich sagte: »Ich möchte einen solchen Blättertee nicht, da krieg ich ja die Blattern, ich möchte einen ganz simplen, spießigen, kleinbürgerlichen, deutschen Beuteltee! Ein Beutel reicht, ich bin ja kein Känguruh, Herrgott nochmal! Bitte nicht diesen Blätter-Firlefanz. Diese grünen und braunen, fast schwarzen Blätter. Die haben sich doch früher die Indianer und die peruanischen Briefträger auf die Brust gelegt, hier, wenn die Andenfieber und Kordilleren-Asthma hatten. Ich möchte meinen Tee nicht durch die Pfeife wie in Datagonien trinken. Ich trag ja auch keinen Poncho beim Frühstück, was soll das Ganze? Ich bin ja kein Vaquero, kein Rinderhirt, bin doch nicht schwachsinnig. Eine Hagebutte macht noch keinen Jahreswechsel!« Ich habe getobt, habe ich an dem Morgen. Es war mit mir nicht auszuhalten, wirklich wahr. Apropos Jahreswechsel, eine Hagebutte macht noch keinen Jahreswechsel. Ich wollte Ihnen noch rasch bei der Gelegenheit, wollte ich nicht vergessen, wollte ich Ihnen noch rasch »Toi, toi, toi« für das neue Jahr wünschen, wenn auch verspätet, aber so doch nicht weniger von Herzen. Also, man sagt das doch immer, und ich habe es auch schon tausend Mal in meinem Leben geschrieben. Wenn ich ’nen Geburtstag vergessen hatte: »Wenn auch verspätet, so doch nicht weniger herzlich.« Haben Sie doch sicher auch schon xmal geschrieben. Wenn auch verspätet –

so doch nicht weniger herzlich! Das kann man bis ans Lebensende, kann man das. Aber dann fangen ja auch schon die neuen Kalender an. Das ist schon richtig, aber man kann das schon sagen, wirklich wahr. Toi, toi, toi und alles Gute

# Alle Geburtstage

Also, neulich hab ich ja was erlebt, da kam ich mir wie ein Waisenknabe vor, und zwar, ich weiß gar nicht, woran sowas liegt. Am Alter kann es nun mal nicht liegen, denn die beiden Damen, denen ich zugehört habe, zuhören mußte, die saßen gleich am Nebentisch und sprachen ganz laut. Das hat man ja öfter, daß man, wenn man älter wird, immer lauter spricht, weil man ja wohl schlechter hört, einerseits, und andererseits wohl, weil man nicht überhört werden will, so daß das also keine Neugier von mir war, weil ich ja zufällig daneben saß, und die beiden Damen waren sicher weit über de siebzig, so daß das am Alter nicht liegen kann.

Also die beiden Damen wußten alle möglichen Geburtstage in- und auswendig. Ich dagegen bin schon froh, wenn ich meinen eigenen Geburtstag behalte. Aber die beiden warfen sich die Zahlen und Daten nur so zu, und nicht nur von Geburtstagen, nein, auch von Hochzeitstagen und Todestagen und so weiter. Mein Gott, hab ich dauernd gedacht, mein Gott, wie ist sowas möglich. Also, da muß doch wohl früher bei denen nur ständig drüber gesprochen worden sein, und natürlich auch gefeiert worden sein. Große Familie, viele Sammeltassen und so weiter, wir zu euch, ihr zu uns. Man weiß das ja auch noch alles, aber doch nicht mehr so genau. Also ich weiß gar nix, bis mir mal wieder jemand sagt: »Nächsten Freitag hat Erika Geburtstag.« »Was für 'ne Erika«, sag ich dann, »was für 'ne Erika?« »Na die von Rudolf.« »Ach so, ja«, und dann muß ich mir das auf einen Zettel schreiben. Andere haben einen ganzen Kalender, in dem nur alles Geburtstage drinstehen. Und auch die beiden Damen, aber die kannten auch noch alles auswendig, sagenhaft.

»Julia hat am 7. August und Ernst am 8., komisch nicht, und sind beide zusammen 78. Und am 8. 7. ist Harald, der Älteste, geboren. Und ihr Vater ist am 9. 7. gestorben. Ach ja, am 9. 7., komisch nicht. Übrigens, Thea hat am 2. Oktober Silberne Hochzeit. Wie bitte? Silberne Hochzeit, Thea. Ist das schon so weit. Und August ist am 24. 9. gestorben. An dem Tag ist Frieder von Brüninghausens auf die Welt gekommen. Welch ein Zufall, nicht. Achso, am 3. 10. hat Herbert Geburtstag, er wird 50. Da muß ich hin, sonst ist Annegret wütend, sie hat ja zwei Tage später Geburtstag, und sie feiern das immer in einem. Ist ja ein Abwasch, sagt Herbert dann immer. Am 6. April hatten wir..., hätten wir unseren 53. Hochzeitstag gehabt, ja, wenn Anton nicht so früh gegangen wäre, am 12. März. An dem Tag wird Thomas 17, der Jüngste von Martha, und der Älteste, Hans-Peter, wird am 10. Juli 24. 24, und ist schon Vikar in Anröchte-Wickede. Wo liegt denn das? Wenn ich das wüßte. Gerda hat doch auch bald Geburtstag. Ja, auch im Juli, am 18. Und Ferdi hatte am 29. März Geburtstag, 65, ich war da. Du warst da? Ja, ich war da.«

Tja, meine Damen, hab ich so gedacht, ich war nicht da, ich hab nicht mal geschrieben, ich hab nicht mal angerufen, so ein Geburtstagsmuffel bin ich, schrecklich!

## *Papiertaschentücher*

Ich weiß nicht, was Sie von Papiertaschentüchern halten. Ich meine, das ist immer, das ist, ja Gott, das ist vielleicht etwas zu privat, aber wegen der Ansteckungsgefahr natürlich auch. Und, man hat immer etwas Frisches in der Hand, man muß nicht so viel waschen und bügeln, das ist klar. Nein, aber ich kann mit den Dingern nichts anfangen, tut mir furchtbar leid. Genauso wie ich auch keine Pantoffeln habe, wenn ich Pantoffeln anziehe, ist der Tag für mich zu Ende, wirklich wahr. Für manche fängt der Tag ja erst an, wenn sie Pantoffeln anziehen. Aber ich kann in Pantoffeln nicht leben, das ist unmöglich. Ich habe auch keine Schlappen und keine Schluffen und keine Turnschuhe, nichts. Aber, zurück zum Papier. Papiertaschentücher, da kann ich nicht mit arbeiten, andere arbeiten nur damit. Ich hab keine Ahnung, also, die kennen gar keine richtigen Taschentücher mehr, so aus

Stoff, so schöne weiße, wie ich sie hab – schon von klein auf. Wenn ich früher in die Sonntagsschule ging, so mit Kieler Matrosenanzug an, Gesangbuch unterm Arm, da kriegte ich immer nach 80 Metern nachgerufen: »Hasse auch 'n sauber Taschentuch?« Da habe ich immer schon von weitem mit dem Taschentuch gewunken, gewinkt – wie heißt das – gewinkt oder gewunken, weiß ich jetzt nicht genau. Wunktus der Winkende, das ist niederrömisch, Wunktus der Winkende, das ist ein Denkmal von August Rodin, steht im Louvre in Paris. Rodin – wissen Sie ja, das ist ja auch das Zeug, was im Christstollen drin ist. Rodon, Rodon, also der heißt anders – August Rodin heißt der. Wunktus der Winkende, niederrömisch, steht im Louvre das Denkmal. Das kommt ja bei mir alles raus aus dem Christstollen, bei mir sieht jede Christstollenscheibe wie ein Schweizer Käse aus. Alles raus, Rodon, Rosinen, Korinthen, Zitronat, alles raus, raus. Ich will es nicht sehen. Mit so 'nem Papiertaschentuch kann man doch gar nicht winken. Das flattert doch gar nicht. Das ist doch richtig gefühllos. Ja, Hygiene, gut, Hygiene, ja, aber ich meine, auf der Straße liegen doch Hunderte von Papiertaschentüchern rum. Da kommt mal ein Stofftaschentuch dazwischen, nicht wahr. Und da sprechen die immer von Hygiene. Oder gehen Sie doch

mal in einen Haushalt, gucken Sie doch mal exakt in den Ecken, Kanten und Ritzen von Sofas und Sesseln nach, Tausende von Papiertaschentüchern. Alle sieben Jahre alt, alle sieben Jahre alt. Heben Sie mal die Kissen hoch, Tausende von Papiertaschentüchern, alle sieben Jahre alt. Von wegen Hygiene – da gibt's ja das berühmte Stück von Goethe, glaub ich, Hygiene auf Aulis oder wie das heißt. Nein, nein, falsch, es ist falsch. Also wenn schon Kalauer, dann exakt, es heißt, das Stück heißt: Hygiene im Taunus. Das ist ein Boulevard-Theaterstück mit Grit Böttcher und Günter Pfitzmann. Ein Bühnenbild, fünf Türen, der eine kommt rein – der andere geht raus. Großes Gelächter, hahaha. Und dann die Papierhandtücher. Ich hab ja sowieso viel lieber so 'n Ding mit Heißluft, wo man die Hände trockenreiben soll, also, die automatisch dann von selbst ausgehen. Aber da müssen Sie erst mal den Kran automatisch ankriegen, den müssen Sie erst mal ankriegen, den Kran. Alle fünf Minuten, an jedem zweiten Tag wird doch ein neuer Kran erfunden. Die einen haben so 'n Bügel, bei den anderen muß man anders rum drehen. Bei einigen muß man draufhauen. Bei manchen muß man so tibetanische Gebetsübungen machen: »Wasser komm, Wasser komm, Wasser komm – Telecom, Telecom – Wasser komm, Wasser komm.«

Und damit das Zeug aufhört, muß man sagen: »Wasser geh weg, geh weg, geh weg, Wasser geh weg.« Sie glauben gar nicht, wie oft ich schon vor einer Toilettenanlage gestanden habe und habe gewartet, bis das Rauschen des Wassers aufhört, weil ich dachte, ich habe den Kran wieder kaputtgemacht. Dann sagt meine Frau immer: »Komm, wir gehen.« »Nein«, sage ich, »ich muß warten, bis das Rauschen aufhört, sonst habe ich wieder die ganze Anlage kaputtgemacht.« Das ist wirklich so. Auch diese Papierschlangen, die man da immer rausziehen muß, ohne ein Ende zu finden, Wahnsinn. Aber, das Schlimmste ist ja, wenn das Klopapier so ganz versteckt in so 'ner großen, in so 'nem großen spanischen Mühlrad ist, alles zugenietet. Man kommt gar nicht dran, an so ein Rad, nicht wahr! Und dann will man immer an das Papier, und es ist wahrscheinlich gar nix drin, oder so 'ne ganz schmale kleine Rolle. Aber in den meisten ist wahrscheinlich überhaupt nichts drin. Die Besitzer sind Geizhälse, das ist wirklich wahr. Wahnsinn. Und das Papier ist alles ungefalzt, so daß man sich nichts einteilen kann, ich teil mir das schon seit Jahrzehnten ein – das macht doch keinen Spaß mehr, das ist doch keine Lebensqualität. Aber auch die Stoffhandtücher fangen schon an nachzulassen. Da heißt es ja immer »Knopf drücken, bis zum Anschlag ziehen.« Machen Sie das mal, machen Sie das mal! Oder bei einigen muß man die Hand reinlegen, habe ich noch nie gemacht. Meinen Sie, ich möchte nachher mit dem halben Arm in dem Kasten drinstecken, ich denke ja nicht dran! Und dann ziehen Se mal, da haben Sie dann doch bei jedem zweiten Ding, haben Sie dann zwei Kilometer Stoffhandtuch auf 'm Boden liegen, und der Apparat hängt wieder so schräg. Und Sie trauen sich kaum noch nach Hause, weil Sie wieder alles kaputtgemacht haben.

# *Im Hallenbad*

Ich wollt Sie mal fragen, ob Sie auch so gern schwimmen. Also jetzt, wo das Wetter ja 'n bißchen besser wird, ich meine, gut, es ist vielleicht noch ein bißchen frisch, aber in die Hallenbäder kann man ja immer gehen, im Herbst im Winter, im Sommer und im Frühling, wie man auch grad gestimmt ist. Aber ich meine, es gibt ja Leute, die sind im Winter, also die schlagen sich ins Eis ein Loch und gehen dann ins Wasser, das könnte ich natürlich nicht, denn da muß man ja abgehärtet sein. Aber meine Frau auch, da kann noch massenhaft Schnee liegen, ne, und dann kommt der kleinste Sonnenstrahl, dann sagt sie gleich: »Wollen wir nicht draußen frühstücken, wollen wir nicht draußen frühstücken?« Ich komme ihr jetzt schon immer ironisch zuvor: »Wollen wir nicht draußen frühstücken?« Sagt sie immer »Blödmann« zu mir. Das ist ja auch kein Dialog, ne. Sollte ich mir mal erlauben, zu ihr »Blödmann« zu sagen. Was meinen Sie, was dann los wäre! Ja, jedenfalls, ich bin ja heute kein guter Schwimmer mehr, ich bin so – wie sagt man – so 'n Altherrenschwimmer, 20 Meter Brust, den Rest auf 'n Rücken und dann auch nur so mit de Füßchen gepaddelt – wie heißt das noch mal – Toter Mann, also wo man gar nichts macht – nur die Luft anhält. Das findet meine Frau furchtbar, ich finde das herrlich. Aber was mich oft am Schwimmengehen hindert, ist also das ganze Drumherum, das muß ich Ihnen doch mal sagen. Ich weiß ja nicht, wie Sie darüber denken, aber, nur mal jetzt, unter uns gesagt, nur mal die Kabinen, nur mal die Kabinen! Sie werden wahrscheinlich sagen, was hat er denn jetzt schon wieder, nur mal die Kabinen! Alles zu eng, zu schmal und zu klein! Wirklich wahr! Und die Gänge zwischen den Kabinen und den Spinden, alles ebenfalls zu eng, zu schmal und zu klein. Nirgendswo findet man den Eingang und den Ausgang, das ist ja manchmal wie in einem altgriechischen Labyrinth. Da zeigt der Pfeil nach da – Ausgang, dann zeigt er dahin – erst duschen, dann Eingang, nicht wahr. Dann macht man die Tür auf – und steht im Spind. Dann muß man alles auf einen Bügel von der Kabine in den Spind tragen, und die Kabine geht ja nur wieder auf, wenn man die Sitzbank hochklappt.

Welcher schizophrene Architekt da wieder dran gefummelt hat, das möchte ich gern mal wissen! Dann weiß man nicht, wohin mit dem Spindschlüssel, gut, an den inneren Bund der Badehose. Dann geht aber der nasse Knoten nicht auf, und ich sehe nichts, weil ich meine Brille in den linken Schuh getan habe, nein,

nein, nein! Und bis ich ausgezogen bin, ist meine Frau schon längst im Wasser. Und jedesmal ruft sie: »Bis du ausgezogen bist, bin ich schon dreimal im Wasser.« Jedesmal. Ich könnte ein Tonband mitnehmen, das könnte ich ablaufen lassen. »Bis du ausgezogen bist, bin ich schon dreimal im Wasser, bis du ausgezogen...« Also, wirklich wahr. Und dann ruft sie: »Heute zehnmal hin und zurück, die paar Meter«, während ich mich noch oder schon, endlich, im Wasser über die haarsträubenden Verhältnisse bei Umkleidekabinen und Aufbewahrungsschränken beschwere. Schon wieder zwei ganz neue blaue Flecken vorweisen kann, weil ich nämlich zwischen Spindtür und Umkleidekabinentür nicht wendig genug war. Da muß man eben wendig sein. »Wir sind ja nicht zum ersten Mal hier, da warst du wahrscheinlich wieder nicht wendig genug.« Ja, und beinahe hätte ich noch meinen rechten Daumen beim Hochklappen der Sitzbank verloren. Dafür gehe ich doch, weiß Gott, nicht schwimmen. Ich möchte ja meinen Körper ertüchtigen und nicht dezimieren, Herrgott nochmal! Ist doch wirklich wahr!

# *Tiere oder nicht*

Sagen Sie mal, haben Sie auch Tiere, oder kommt das für Sie gar nicht in Frage? Oder nur im Keller. Ich war neulich irgendwo eingeladen, da hörte ich im Nebenzimmer, nicht direkt in dem Zimmer, wo ich saß, im Nebenzimmer, hörte ich immer: »Abends kommt er in den Keller.« Ich weiß bis heute nicht genau, wer speziell damit gemeint war. Ich hab da auch nicht weiter nach gefragt, das tut man ja dann nicht. Ich meine jetzt nicht so Pferde und Elefanten, das wäre ja 'n bißchen viel verlangt. Und ich wollte ja auch nur mal fragen, wissen Sie, damit man vorbereitet ist. Also, angenommen ich lad Sie mal ein, und Sie sagen dann: »Gern, aber wir müssen unseren Elefanten mitbringen. Weil, an diesem Abend können wir leider keinen Elefantensitter bekommen.« Und, daß ich dann auch noch was zum Essen und Trinken für den im Hause hab. Und Elefanten, die brauchen ja zur Nahrungsaufnahme 16 Stunden am Tag, das habe ich im Zoo gelernt. Ja, und wenn wir so Elefanten sehen, stößt meine Frau mich immer in die Seite und sagt: »Da deine Brüder, 16 Stunden Nahrungsaufnahme.« Aber wie gesagt, Sie können den ruhig mitbringen, auch Pferde und Giraffen, müssen wir nur mal sehen, wie wir die alle durch die Türe kriegen. Es kann ja auch möglich sein, daß Sie gar kein Tier haben oder halten, also uns macht das nix. Uns ist jedes Tier willkommen, wir haben ja auch selbst jede Menge Katzen und einen Hund. Und die machen mit uns, was sie wollen, weil ich immer gesagt habe: »Kartoffeln gehören in den Keller, Katzen auf den Tisch!« Und dann sind ja viele immer sofort geteilter Meinung und sagen: »Igittigittigitt.« Das ist kein Mädchenname, das ist eine Akklamation, eine Akklamation gegen Mitgeschöpflichkeit. Das sind also Menschen, die haben eigentlich im Prinzip nichts gegen Tiere, sagen sie auch immer: »Wir haben im Prinzip nichts gegen Tiere«, aber sie haben auch im Prinzip nichts dafür und sagen dann immer alle fünf Minuten: »Das muß ja nun nicht sein.« Das sind so Doppelkinnsätze, Sie müssen mal drauf achten, wenn dieser Satz fällt, geht der Kopf meist etwas nach unten, dann entsteht automatisch ein Doppelkinn, ist logisch, nicht wahr, und dann kommt der Satz: »Das muß ja

nun nicht sein.« Doppelkinnsätze nenne ich solche Sätze immer. Wenn ich von meinem Kasper erzähle, meinem Lieblingskater, dem Parsifal unter den schwarzweißen Katern, der immer morgens neben mir auf der Bank beim Frühstückstisch sitzt und so die Vorderpfoten auf der Tischkante hat und mich dann so anguckt, als wollte er sagen: »Na, Alter, was ist jetzt mit der Käsescheibe, die Scheiblette gehört mir«, dann sehe ich viele sofort den Mund verziehen, mich angucken, als wollten sie alle sagen: »Das muß ja nun nicht sein.« Und wenn ich dann erzähle, daß unsere Griesegrau immer genau diagonal über den Frühstückstisch geht, wir nennen sie schon La Diagonale, wie von der Mailänder Skala, ohne auch nur die Butter, den Aufschnitt oder das Brot zu berühren, dann möchten doch alle am liebsten aufschreien: »Und überall die Haare, überall die Haare.« Das ist ein ganz beliebter Satz: »Und überall die Haare.« Und wenn die Katzen an den Sessel und dann auch vor lauter Trotz gegen die Tapete pinkeln, ja das ist richtig, ja das ist wahr. Ja das ist ja wohl der Gipfel. Ja, das ist der Gipfel – da haben Sie völlig recht. Ich bin da ja, Gott sei Dank, da ziemlich anarchistisch verwahrlost, weil, mir sind die Tiere halt lieber als so 'n alter englischer Schrank aus 'm 18. Jahrhundert. Ich sage immer, man kann doch beides haben, nicht, man kann doch beides haben und an beidem hängen – aber immer diese deutschen Konsequenzen. Entweder Schrank oder Katze! Oder, Katze oder Schrank! Eins von beiden, sonst geht nix. Aber dann sagt wieder einer: »Also, na gut, bei aller Toleranz, wirklich bei aller Toleranz, wir haben einen kostbaren, sehr kostbaren chinesischen Teppich«, »und überall die Haare«, schreit dann die Gattin wieder. »Ist ja schon gut«, sage ich, »gnädige Frau, ist ja schon gut, es muß ja nicht sein. Aber wenn Sie Ihr Wildschwein mitbringen wollen, nicht wahr, wir freuen uns riesig. Wir kriegen das Tier schon unter!«

# *Kirche, Klo und Kälte*

Man sagt ja sowas ungern und auch im folgenden möchte ich eigentlich nicht, also, pietätlos sein, aber, daß so viele aus der Kirche austreten, das hängt ja doch oft mit der Steuer zusammen, weniger mit dem Glauben. Aber das ist Privatsache, das geht mich nix an. Aber, es könnt ja auch sein, habe ich neulich mal so für mich in einer ruhigen Stunde vermutet, daß viele nicht mehr in die Kirche gehen, weil es da immer so kalt ist, also vielleicht nicht immer, aber so im Winter, wenn's so ins Frühjahr geht. Im Januar, ja Sie werden lachen, in den meisten Kirchen, da ist es manchmal eiskalt, wie am Nordseestrand. Die Leute trauen sich ja kaum noch aus 'm Mantel raus und wenn, dann holen sie den nach zwei Minuten wieder zurück, und Singen allein macht ja auch nicht warm. Und dann die ganze Beterei, da is noch kein Heizung von angegangen, soviel ich weiß. Ich meine, gut, wenn's ausverkauft ist, gut, wenn's ausverkauft ist, ja, da stellt sich ja dann die natürliche Wärme von Mensch zu Mensch allmählich ein. Aber bis man's dann so richtig gemütlich warm in der Kirche hat, ist doch der Gottesdienst schon wieder aus, nicht wahr! Ich weiß ja nicht, ob Sie in die Kirche gehen. Sie schlafen ja sicher sonntags morgens auch mal gern lang, kann man ja verstehen, wegen der Wärme, denn draußen ist es ja eiskalt. Ich kenne Schlafzimmer, da sitzt einem der Nordpol im Nacken. Die Bauern früher, die hatten ja auch keine Heizung im Schlafzimmer, da wurde gar keine Heizung installiert, Heizung im Schlafzimmer? Das ist doch krankhaft! Die sind ja dann auch meistens an Lungenentzündung hinterher eingegangen, die Bauern. Und dann noch in die kalte Kirche. Ich meine, vielleicht ist das ja in Ihrer Gemeinde alles anders, völlig anders. Herzlichen Glückwunsch. Aber wenn Sie dann mal wirklich austreten müssen, also nicht aus der Kirche, sondern nur aufs Klo müssen, ach du lieber Himmel! Selbst wenn Sie zu Hause noch mal rasch gehen, glauben Sie ja nicht, Sie können in der Kirche schon wieder gehen. Die meisten Kirchen haben nämlich gar kein Klo, und wenn, dann nur indirekt. Ich finde das ungeheuer, ich finde das ungeheuer! Grad Christentum hat doch mit

Leib und Seele zu tun. Und nirgendwo steht geschrieben, so viel ich weiß, »Du sollst nicht müssen«, steht nirgendwo geschrieben. »Durch diese hohle Gasse muß er kommen – es führt kein anderer Weg zum Küster«, sage ich dann immer. Sie kennen ja das berühmte Schweizer Theaterstück. Aber jedesmal, wenn ich den Küster frage, ich frage meistens schon gar nicht mehr, aber wenn ich frage, »Wo ist denn hier das Klo?« »Ja, das ist ein bißchen kompliziert. Da müssen Sie, ist es sehr dringend? Warten Sie mal, da müssen Sie, da gehen Sie am besten...« Das ist katholisch oder evangelisch – alles dieselbe Leier, alles dieselbe Leier. »Da gehen Sie jetzt am besten, wenn Sie unbedingt müssen, hier durch die Sakristei, weil Sie es sind.« Ja, was soll denn das jetzt wieder? Als wenn ich anders pinkele als die anderen! »Weil Sie es sind, durch die Sakristei, dann die Wendeltreppe runter, dann kommt 'n Kellergang – da steht 'ne Leiter und alte Farbtöpfe, und am Ende vom Gang da ist ein Holzverschlag, und links daneben ist eine Tür, da ist das Klo.« Und dann stürzt man dann darunter, und das Klo ist natürlich besetzt, logisch. So 'ne große Kirche, und so ein winziges Klo. Da packt man sich Gott weiß wohin. Warum kann man nicht am Eingang links und rechts zwei Klos hinbauen, zwei ökumenische Klos, das muß doch möglich sein. Wenn das so weitergeht, dann stifte ich eins, mit meinem Namen – St. Abortus von Hanns Dieter Hüsch!

## *Meine Zahnbürste*

Hab ich Ihnen eigentlich schon mal gesagt, daß ich oben eine Vollprothese habe? Also nicht im Kopf, sondern für die Zähne. Ja, da muß man präzise sein, sonst schreibt die Presse noch: Der Hüsch läuft mit 'nem Gehirnschrittmacher rum. Nein, meine Prothese und ich, wir sind richtige Kameraden. Und wir kommen toll miteinander aus, muß ich sagen, Manche haben ja furchtbare Last damit und müssen dann monatelang zu diversen Korrekturen schreiten. Bei mir: Der ganze Kram ruck zuck raus, Prothese rein und fertig war der Lack. Da muß man, also, da muß man einfach mitarbeiten, habe ich auch meinem Zahnarzt gesagt. Als ich in der Tür stand, habe ich gesagt, ich arbeite heute mit, wenn Sie erlauben, arbeite ich heute mit. Da muß man dental, mental mitarbeiten. Der Mensch muß sich öffnen, der Mensch muß sich öffnen, sage ich immer. Also, den Mund öffnen, wie eine gebratene Taube die Prothese voll annehmen, deswegen heißt sie ja auch Vollprothese. Da muß man innovationsbereit sein, assimilationsfähig, dann klappt das wie geschmiert! Neulich ist mir allerdings die Prothese in zwei Teile gebrochen, bei einem herzhaften Biß in ein knuspriges Brötchen. Kennen Sie noch knusprige Brötchen? Alle zwei Jahre - höchstens - trifft man mal ein knuspriges Brötchen, nicht wahr! Das sind die, wissen Sie, wo die Krümel beim Beißen so wegspritzen, als kämen sie aus der Schrotflinte. Früher, vor Jahrzehnten, haben die Bäcker in so kleinen, frischen, weißen Tüten die warmen knusprigen Brötchen noch morgens zwischen sechs und sieben in

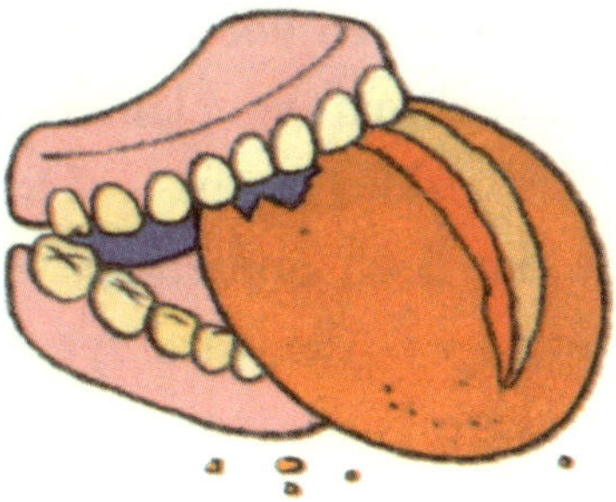

den Hausflur geworfen. Das waren noch Zeiten. Ja, also, da hat mir die Prothese ein Dentallabor mit Hilfe eines Freundes schnell wieder zusammengeleimt, das hält jetzt länger, als die Prothese ahnt. Ich wollte Ihnen auch bei dieser Gelegenheit erzählen, daß ich in diesen Dingen ein ganz anhänglicher Typ bin, ein bildungsfähiger Geselle. Ich hänge an meiner Zahnbürste. Also, ich weiß nicht, wie das bei Ihnen ist, welches Verhältnis Sie zu Ihrer Zahnbürste haben, ich hänge an meiner Zahnbürste, auch wenn die Borsten schon wie ein niedergepeitschtes, blondes Kornfeld aussehen! Das ist jetzt Expressionismus, das könnte ein Bild von Emil Nolde sein. Niedergepeitschtes, blondes Kornfeld bei Husum, 1911. Das ist natürlich nichts für Prof. Dr. Best – aus 'm Fernsehen. Den kennen Sie ja bestimmt auch. Also das ist ja wohl ein armes Schwein, ist das. Wenn der kommt, trommle ich sofort die ganze Familie zusammen. – »Der Best ist da, kommt alle herbei – der Best ist da!« Dann schreien wir uns minutenlang weg! Wir vergessen manchmal vor lauter Gelächter das Abendessen. Es ist wirklich wahr – »Der Best ist da«, nicht wahr. Der sagt doch immer, das heißt, der weiß gar nicht, was er sagt – der wird synchronisiert, der weiß nicht was er sagt. Nein, tatsächlich, der sagt doch immer, wie wichtig so eine biegsame, elastische Zahnbürste... Das kann der aber gar nicht sagen, das schafft der gar nicht. Der muß synchronisiert werden. Also, wo sie den wieder aufgelesen haben. Der hat ja immer so 'n weißen Kittel an, alles... und die Lippen sind völlig überschminkt, warum weiß kein Schwein, nicht wahr, wirklich wahr! Karmesin- oder zinnoberrot, immer überschminkt. Entsetzlich, den haben sie sich wahrscheinlich von der Straße, haben sie den geholt, wie im Krimi. Aus einem alten, kleinen, schwarzen Opel P 4 herausgezerrt. Sofort Chlorophorm drauf, denn er weiß ja nicht, was er sagt, damit es schneller geht, nicht wahr. Und dann wird der so in die Seite gepiekst, dann bewegt er den Mund, und dann spricht später so 'n Schauspieler, spricht dann den Text, wie wichtig so eine biegsame, elastische Zahnbürste ist. Dann wird er durch den Gang, ins Studio rein, kriegt einen weißen Kittel an, und wenn er fertig ist, dann wird er wieder – Kittel aus – abgeschminkt, und dann wird er wieder durch den langen Gang, meistens sofort auf die Straße geschmissen, wie in French Connection zweiter Teil, nicht wahr. Also, wenn ich da an meinen ausgeleierten, breitgeschrubbten Zahnfeger denke. Meine Frau hat sogar 'ne elektrische Zahnbürste, das ist ja lächerlich. Eine elektrische Zahnbürste! Das ist ja wohl das lächerlichste Instrument des 20. Jahrhunderts. Da kommt man überhaupt nicht von der Stelle. Da hält man die Bürste still, und der kleine Besen bewegt sich. Ich hab jetzt auf einer Messe gehört, es soll jetzt bald elektrische Zahnbürsten geben, da bewegen sich die Zähne! So weit sind wir gekommen. Da bleibe ich doch lieber bei meiner uralten Landsknechtsbürste, die mit dem ausgefransten Mittelscheitel-Format. Aber meine Frau, die umsichtige, herzensgute und beste Stütze meiner Gesellschaft, was tut die, die geht hin und kauft alle drei Monate eine neue, ohne mich überhaupt zu informieren. Ich bin ja viel unterwegs, aber wir telefonieren dreimal am Tage, aber sie geht ganz stiekum hin, das ist die lateinische Übersetzung für klammheimlich – wie wir am Niederrhein sagen. Also heimlich, ganz klammheimlich – wobei ich sagen muß, ich habe es vor 'n paar Wochen erst erfahren, daß dieses »klamm« nicht »clam« geschrieben wird – wie im Lateinischen »clammheimlich«, ich dachte, es wäre philologisch 'ne Verdoppelung »heimlich-heimlich« »clamheimlich«, nicht wahr. Nein, es wird mit K L A 2M geschrieben, was das wieder heißen soll, weiß kein Mensch. Klamm, die Wäsche ist klamm, die Wäsche ist feucht. Feuchtheimlich oder wie, oder wie Patnachklamm, das sind ja die bayrischen Grand Canyons. Patnachklammheimlich, damit man da reinstürzt oder von oben. Ich habe keine Ahnung, was das heißen soll. Klammheimlich! Das macht mich irre, so was, nicht wahr! Wirft die alte Lieblingsbürste einfach weg, nach drei Monaten. Da habe ich mich endlich mit meinem ausgelatschten Kieferfeger angefreundet, da muß ich wieder ganz von vorne anfangen. Das ist doch keine Art, so was, nicht wahr! Patnachklammheimlich - wirft die Bürste einfach weg, so ein Unsinn!

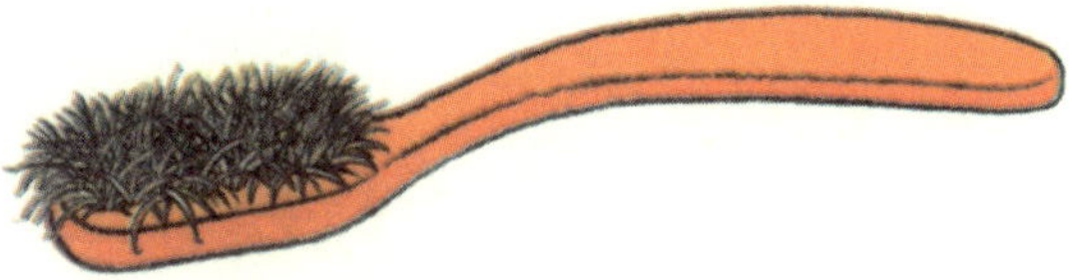

# *Eiweißheit*

Wußten Sie eigentlich schon, daß es auf unserer Erde unzählig viele Frühstücksräume gibt? Es sollen etwas über 30 Milliarden sein! Das sind ja diese kleinen innigen Zimmer, mit diesen klotzigen Buffets, mit diesen gepanzerten Marmelade- und Landleberwurstdosen. Durch einen deutschen Frühstücksraum kommt man ja ohne Lötkolben kaum noch durch. Beim Frühstücksei ist es gottlob wie ehedem, aber da gibt's inzwischen hunderttausende abendländische Eierköpfe, die alle genau wissen, wie man ein Ei – a) eiweißgerecht und b) dotteradäquat kocht. Dotteradäquat scheint aus dem Schwedischen zu kommen, da gab's mal 'n Film, der hieß Dotterbloms Dotter. Das war also die Tochter des Bauern Dotterblom, und da hat ein leicht gestörter schwedischer König, das wär eine Rolle für mich gewesen, den hat aber damals der große Max von Sydow gespielt, auch nicht schlecht muß ich sagen, der hat sich diese dralle Bauernmaid untern Nagel gerissen und hat damit den ganzen Hof verunsichert. Ein Wahnsinnsfilm, kann ich Ihnen sagen. Zurück zum Ei. Also, die einen setzen das Wasser auf, warten bis es kocht, die anderen werfen das Ei gleich ins kalte Wasser, bis das Wasser springt und das Ei hinterher. Viele arbeiten ja mit drei Minuten, viele mit fünf Minuten, manche schwören auf vier Minuten, das sind immer die, die dauernd sagen: »Ja, wie lang denn sonst, ja, wie lang denn sonst!« Einige kochen die Eier gar nicht, trinken sie gleich gierig aus, verschlucken sich und fragen mich dann, wie lang ich ein Ei koche. »Och«, sag ich, »das kommt auf die Größe des Eis an, ob der Rhein Hochwasser hat oder nicht, das ist ganz wichtig, das ist ganz wichtig für die Psyche des Eis. Gewöhnlich«, sage ich, »macht das Ei mit mir, was es will, d. h. ich muß mich mit dem Ei abfinden, deshalb nehme ich meist ein Messer, rufe Vive La France! und köpfe das Ei.« Das ist zwar nicht die feine englische Art, aber es ist die Französische Revolution. Ich weiß schon, wie man das vornehmer macht, und zwar mit Hilfe eines Plastikeierlöffelchens, und das ist ja ein Gerät, was mir den ganzen Tag total marode macht. Und wenn sie dann morgens auch noch orange aussehen, weiß man gar nicht, wie sie nachmittags aussehen. Also, ich köpfe das Ei, weil ich immer sage: »Lieber ein Ei mit Schrecken, als ein Schrecken ohne Ei«, und wenn dann der goldgelbe Dotter auf die rosa Bluse meiner Frau fliegt, sind wir auf dem richtigen Wege. Ich mach mich doch nicht von einem Ei abhängig. Fünf Minuten gebe ich dem Ei, nicht mehr und nicht weniger! »Vielleicht«, sagte mir neulich jemand, das war, glaub ich, dieser ältere Herr, der mich mal wegen einiger gymnastischen Übungen angesprochen hatte: »Probieren Sie doch mal den anderen Weg, indem Sie erst mal das Huhn fragen, ob es ein freies oder ein unterdrücktes Ei war.« »Genau das«, habe ich zu ihm gesagt, »werde ich in dem Fall mal nicht machen, denn, wenn jetzt auch noch die Ideologien in unsere deutschen Frühstücksräume einziehen, also dann guten Morgen, dann werde ich ja leicht wahnsinnig, obwohl ich werde nicht so schnell wahnsinnig.« Ich weiß nicht, wie das mit Ihnen ist, also so schnell wahnsinnig werde ich nicht. In letzter Zeit ist es so, daß ich wahnsinnig werde, wenn ich etwas weggelegt habe und weiß schon nach zehn Sekunden nicht mehr, wohin. Das ist dann schon ärgerlich. Dann werde ich ziemlich wahnsinnig, muß ich sagen. Denn das ist das Alter, das ist das Alter. Da kommt niemand von uns drumrum, bis auf die, die jung sterben, das ist klar, das haben wir ja hinreichend geübt. Ja, Sie kennen doch meine alte Rechnung: Ein Tag mehr ist ein Tag weniger, das muß man sich nur klarmachen, dann ist das schon in Ordnung. Das können Sie mal mit dem Taschenrechner in Ruhe nachrechnen. Ein Tag mehr ist ein Tag weniger!

## *Wie binde ich einen Schlips*

Ich hab doch früher so Bekleidungsphasen gehabt. Ich weiß nicht, ob Sie das noch wissen. So zwei Jahre ganz englisch - anthrazitgrau - Weste mit Schalkragen usw. Und Schlips, und dann wieder zwei Jahre völlig verlottert bis verwahrlost, unter den Brükken, und dann wieder zwei Jahre, also immer so hin und her. Ein Kind nach dem anderen mit dem Bade ausgeschüttet. Und neulich, hatte ich wohl längere Zeit keinen Schlips getragen, mit dem Fahrradfahren ist ja auch so, wenn Sie vier bis fünf Jahre nicht mehr fahrradfahren, dann müssen Sie das ja völlig neu üben. Also ich mußte neulich mal nach vier bis fünf Jahren, mußte ich mal freihändig die Drosselgasse runterfahren. Das war also 'ne kleine Expedition. Aber, aber neulich wußte ich nicht mehr, wie man einen Schlips bindet, ich hatte monatelang keinen Schlips mehr getragen. Ich hab links angefangen, ich hab rechts

angefangen. Ich hab die Hände, ich hab die Bewegung meiner Hände im Spiegel verfolgt, war alles seitenverkehrt. Dann hab ich versucht, den Knoten im Freien einzufädeln, wollte den Schlips übern Kopf ziehen, völlig sinnlos. Dann habe ich den Schlips in die Ecke geschmissen. Dann hat mich der Ehrgeiz wieder gepackt, und da habe ich den Schlips, den habe ich dann, schließlich habe ich's dann doch noch geschafft. Aber es ist dennoch nicht gutgegangen, weil, als ich den Gordischen Knoten endlich fest zugezogen hatte, da mußte ich feststellen, daß der untere Teil des Schlipses viel zu lang war. Sie kennen das sicher auch. Also, ich den Knoten wieder auf, das richtige Längenverhältnis hergestellt. Immer noch zu lang. Wieder den Knoten auf. Inzwischen fing der obere Teil des Schlipses schon langsam an zu knittern. Meine Frau murmelte was von »umsonst gebügelt«, und sie sagte dann noch leichtsinnigerweise: »Steck doch einfach den unteren Teil in eine Hemdöffnung zwischen zwei Knöpfe.« Und das finde ich ja abscheulich! Zwischen zwei Knöpfen! Ich bin doch nicht Napoleon, da kommt denn diese Handbewegung her: Zwischen zwei Knöpfen! Das könnte ein Urlaubsort im Berner Oberland sein, zwischen zwei Knöpfen. Das ist ja, wenn Sie mal von Interlaken aus aufs Jungferjoch hochmüssen, da müssen Sie ja erst mal in Lauterbrunn umsteigen, und dann in zwei Lütschinen, dann kommen Sie auf die kleine Scheidegg - dann kommen Sie später nach Wengen und Mürren, und genau dazwischen könnte »Zwischen zwei Knöpfen« liegen. Na, ich hab's dann schließlich doch mit dem Schlips geschafft, daß alles so einigermaßen - wie sagt man heute so gerne - deckungsgleich aussah. Und dann sagte meine Gute: »Ich glaube, so kleine Knoten trägt man heute nicht mehr.« Und da - da bin ich wahnsinnig geworden! Da bin ich wahnsinnig geworden! Bin stumm auf den Balkon gegangen - so als wollte ich runterspringen. Habe ich natürlich nicht gemacht, wegen eines Schlipses, ich bitte Sie!

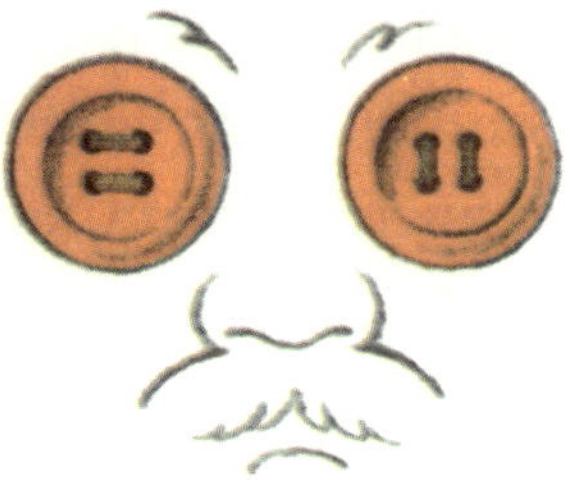

## *Honig*

Mögen Sie gern Honig? Ich sage Ihnen auch, warum ich da jetzt so abrupt drauf gekommen bin. Und zwar, es gab mal eine furchtbare Zeit, eine grausame Zeit. Aber in dieser Zeit gab es Kunsthonig! Der Honig konnte objektiv für diese Zeit gar nichts, der konnte da gar nichts für. Sondern ich meine, eigentlich hätte es auch Volkshonig heißen müssen. Volkswagen, Volksempfänger, Volkshonig! Aber ganz abgesehen von alldem, soll ja Honig sehr gesund sein. Sagt man ja überall. Also, wenn man 'n bißchen erkältet ist, und wenn ich mal in meine alte Heimat komme und bin so 200 Meter vor der Haustür, dann höre ich schon so Sätze wie »Da nimmste mal 'n Löffelken Honig, und dann sollsse mal sehen.« »Hasse schon Honig genommen, hasse schon Honig genommen, musse Honig nehmen, warum nimmsse denn kein Honig, dumme Jung, nimma Honig, Honig, Honig, lecker..., sollsse ma gucken, nimma Honig.« Nun hab ich ja festgestellt, daß die, die am gesündesten leben, die meisten Krankheiten haben. Ist ja eigentlich auch logisch, denn sehen Sie mal, je gesünder man sich verhält, desto anfälliger wird ja der Körper, ist doch ganz zwingend. Das ist doch wie bei Rassetieren, da gibt's ja so hochgezüchtete Hunde, die haben doch alle fünf Minuten was anderes, nicht wahr. Also in meiner nächsten Verwandtschaft, da kenne ich Leute, die rauchen nicht, trinken nicht, gehen auch sonst früh nach Bett, haben alle möglichen Ratschläge immer parat. Sind immer am überlegen, wie sie noch gesünder leben können. Fitness-Dingsda, sind aber dauernd krank. Ein Arzttermin jagt den anderen. Ich dagegen, immer im Streß, Tag und Nacht unterwegs, wenig Schlaf, immer auf Achse, hab dagegen so gut wie gar nichts. Und zwar nicht, weil ich jeden Tag Honig eß, sondern weil anscheinend meine Seele relativ in Ordnung ist. Ich sag immer so, ich kann mir eigentlich ein gesundes Leben gar nicht leisten, dann würde ich sofort krank werden! Also, ich in einem Fitnesscenter, können Sie sich das vorstellen? Grauenhaft, grauenhaft! Mit so 'ner Hantel in der Hand! Grauenhaft! Oder ich inmitten von 10.000 um Atem ringenden Waldläufern, sonntags morgens um fünf? Hohoho! Heller Wahnsinn,

heller Wahnsinn, obwohl es vielleicht noch dunkel ist. Nun müssen Sie aber nicht denken, daß ich nicht für die Gesundheit wär, ich meine, daß wir uns da nicht mißverstehen. Ich nehme auch schon mal 'n Vitamintrunk zu mir. Aber eigentlich nur, weil mich das an das Brausepulver aus meiner Kindheit erinnert. Ja, da gab's neben unserer Volksschule, so hieß das ja damals, gab's so 'n kleinen Laden mit Lakritz und Studentenfutter, und die hatten auch noch so kleine Tütchen mit Brausepulver. Den Inhalt sollte man eigentlich zu Hause erst in Wasser auflösen. Aber so lange haben wir nie gewartet, wir haben gleich den Strohhalm in die Tüte gestopft oder manchmal alles so von der Hand abgeleckt. Mein Lieblings-Brausepulver war ja Waldmeister!

Auch heute noch – oder später bei Wackelpeter – immer nur Waldmeister! Na ja, und außerdem denke ich mich auch zwischendurch gesund. Also, das ist bei diesem merkwürdigen, zwischenmusischen Beruf, ist das unbedingt vonnöten, sich manchmal ganz schnell gesund zu denken. Und dann esse ich auch schon mal 'n Löffelken Honig. Auch wegen der Stimme. Aber ich weiß ja nicht, wie's Ihnen dabei geht. Es ist ja bei jedem sicher wieder anders, aber jedesmal, ich kann mich so in acht nehmen, und ich nehme mich auch so in acht! Ich hab neulich, habe ich mich wieder so in acht genommen! Wir Niederrheiner sind ja ganz bindungsfähige Sprecher. Wir können ja nicht »in acht nehmen« sagen, wir sagen: »Ich hab mich soinacht genommen!« Also, was die am Tag machen, weiß man gar nicht! Wir haben ja auch so 'n Betonungsduktus, wir sagen nicht normal so grade durch »habe mich so in acht genommen«, wir sagen: »Ich hab mich soinacht genommen.« Wir können ja auch nicht »Tante Maria« sagen, wir sagen: »Tammaria«, mit zwei m, »ich geh mal rasch zu Tammaria.« Das klingt ja wie ein Urlaubsort in der Bucht von Genua. »Da fährsse erst bis Camolgi und dann nimmsse 'n Motorboot bis nach Punta di Chiappa, da gehsse die 300 Stufen hoch, da oben liegt ja Alberto Stella Maris – und gleich dahinter kommt

Tammaria!« Wir können ja auch kein Sch von S trennen. Wenn wir in die Kneipe gehen, sagen wir jedesmal »ich hätt gerne 'ne Gulaschschuppe. Wollen wir uns an den Tischschetzen. Haben Sie auch 'ne Rindfleischschuppe? Soll komischschein.« Ne, aber jedesmal, wenn der Honig auf mich zukommt, nehm ich mich wirklich in acht. Also neulich wieder, ich sag schon vorher, wenn der Honig morgens auf mich zukommt, »Ach du lieber Himmel, ach, jetzt kommt wieder das Drama mit dem Honig.« Denn, wenn der Honig nicht zum Propheten kommt, muß der Klebstoff zum Bahnhof gehen. Das ist ein Spruch aus dem Arabischen. Und der steht immer untendrunter, ganz klein, aus dem Arabischen von Inge Müller-Kampen. Das ist meine Lieblingsstelle. Also ich hab mich neulich wieder so in acht genommen. Aber, wenn ich schon dieses Frühstücks-Honigdöschen morgens nur aufmache, nur aufmache, nur aufmache – klebt schon alles. Kennen Sie das? Ich weiß nicht, wie das kommt, ich bin völlig ratlos, es ist also, als wenn ich kein Abitur gemacht hätte. Dann gehe ich ganz vorsichtig mit der Messerspitze in den Honig rein, drehe den Griff in gebührendem Abstand vom Honig hin und her, um dann den Honig blitzschnell aufs Brötchen zu klatschen. Was passiert? Meine ganze Hand ist klebrig! Es ist Zauberei, es ist Zauberei, Zauberei! Und ich nehme mich wirklich in acht! Dann nehme ich die Brötchenhälfte behutsam zwischen Daumen und Zeigefinger, führ sie schnurstracks zum Mund, was passiert – mein ganzer Bart klebt! Also wissen Se, sauer macht ja schon lustig, aber Honig macht schizophren! Ich bin ja bekanntlich der Sohn eines preußischen Verwaltungsbeamten. Aber manchmal habe ich die starke Befürchtung, daß ich der Sohn eines Imkers bin. Eines preußischen Verwaltungsimkers! Eines evangelischen, preußischen Kreisverwaltungsimkers!

## *Große Salatblätter*

Wissen Sie, daß ich dieser Tage, wir Niederrheiner sagen ja oft »dieser Tage«, auch wenn das schon zehn Jahre her ist, wir sagen »dieser Tage«, ich hab dieser Tage den Dingeskirchen getroffen. Ich weiß gar nicht, wie der heißt. Ich weiß auch gar nicht, was der macht. Und dann haben wir noch 'ne andere Krankheit, die, wo ich den Grund noch nicht rausbekommen habe. Wenn etwas ganz öffentlich ist, also gar kein Geheimnis, jeder weiß es, und man muß gar nicht diskret sein, es ist allen bekannt – sagen wir Niederrheiner immer noch »unter uns gesagt«. »Wat sind schon 24 Stunden – unter uns gesagt – is doch nix, is doch nix, is doch jar nix, ne, is doch nix.« Also ich hab wirklich dieser Tage, unter uns gesagt, festgestellt, daß ich doch manchmal 'n ziemlicher Nörgler bin. Das heißt, ich bin es nicht und bin es doch. Also, mich regen ja Kleinigkeiten inzwischen so wahnsinnig auf, aber, es gibt inzwischen so Kleinigkeiten, die bei mir schon so winzig und so pingelig sind, daß man wirklich schon von Nörgelei sprechen kann. Das heißt, ich bin kein Querulant, das möchte ich gleich klarstellen. Also damit habe ich nie etwas zu tun gehabt, also morgens schon um fünf Uhr aufrecht im Bett sitzen und Leserbriefe schreiben, ne, ne, ne! Und sich ständig empören, nein ich bin kein Berufsempörer, da sei Gott vor, nein, frei nach Goethe, ich nörgle so für mich hin. Meistens morgens! Meistens, aber auch abends. Morgens aber schlimmer als abends. Aber abends intensiver als morgens. So könnte man es einteilen. Also, wenn ich morgens unterwegs bin und betrete dann das Frühstückszimmer eines gediegenen Hotel Garni, ich weiß bis heute nicht, was das heißen soll. Es hat mir auch noch niemand erklärt, ich will's jetzt auch nicht mehr erklärt haben! Ich hab jetzt das Alter erreicht, wo ich nichts mehr erklärt haben will! Schluß, aus, zu spät! Jetzt ist es zu spät, ich will's nicht mehr erklärt haben. Ich meine, ich weiß nur, da gibt es kein Mittagessen! Ist ja eigentlich ganz logisch, Garni – nie gar, ne! Ist noch kein Mensch drauf gekommen. Die schaffen das Frühstück, das schaffen sie noch so eben. Oder es ist 'n Mädchenname: »Garni, essen kommen!« Ja, es heißt doch immer Haus Erika,

Haus Astrid, Haus Garni, könnte ja sein. Ich weiß es ja nicht, könnte ja sein. Und dann steht auf dem sogenannten Frühstückstisch an meinem Platz nur die Tasse. Meistens umgedreht auf der Untertasse! Mir zuliebe, aus hygienischen Gründen. Da steht die schon die ganze Nacht so. Ich bin nämlich abends schon um

elf an dem Frühstücksraum vorbeigekommen, da hab ich schon von weitem meine Tasse umgedreht auf meiner Untertasse gesehen. Das arme Ding, habe ich gedacht! Ist ja Tassenquälerei, und alles mir zuliebe, aus hygienischen Gründen. Es ist auch schon vorgekommen, daß ich am anderen Morgen im betrunkenen Kopf den Tee tatsächlich auf den Boden der umgedrehten Tasse geschüttet habe – wie bei Dick und Doof. Aber, das ist am Morgen nicht das Schlimmste – es ist auch kein Teller da, den muß man sich holen, auch das ist wahnsinnig schwer, denn man muß sich zwei Teller holen. Einen, wo man Butter, Marmelade und Käse usw. drauftut und einen zweiten, auf dem man dann das ganze schmiert und zubereitet. Es könnte aber dieser zweite Teller, auf dem man alles zubereitet und schmiert, der könnte doch schon längst auf dem Tisch stehen, der könnte doch schon längst auf dem Tisch stehen! Dann bräuchte ich mir nur einen Teller zu holen, wo man Butter, Brot, Marmelade, Käse und Wurst drauftut. Oder soll man tatsächlich auf diesem Teller, wo schon alles bergehoch drauf ist, auch noch alles schmieren und zubereiten? Oder soll man vielleicht das ganze auf dem Tischtuch schmieren und zubereiten? Wahrscheinlich ist das die Absicht des Garni-Inhabers, damit man »gar nie« wiederkommt, oder wie soll ich mir das erklären? Die hätten ja auch oft am liebsten, daß man bis acht Uhr gefrühstückt hat, damit die Mädchen schon um sieben Uhr das Zimmer machen können. Das hat jetzt keinen logischen Zusammenhang, aber wenn ich morgens nörgle, brauche ich keinen Zusammenhang! Sonst wäre ich ja ein Querulant! Und das möchte ich auf keinen Fall sein! Ich meine, ich hol mir dann die zwei Teller. Aber kopfschüttelnd! Wenn Sie mal morgens einen deutschen Menschen durch einen deutschen Frühstücksraum kopfschüttelnd hin und her gehen sehen, das können Sie blind buchen, das bin ich! Weil ich einfach nicht fassen kann, was die Welt am frühen Morgen schon wieder mit mir macht! Vor 'n paar Tagen stand nicht mal 'ne Tasse da. Jetzt warte ich auf das Frühstück, wo ich mir aus 'm Keller den Tisch holen muß! Da gibt's dann immer so Schilder mit so 'nem Pfeil, nicht wahr, Treppe runter, nicht wahr! Kennen Sie ja, Telefone, Toiletten, Tische! Und dann gibt's da so ein grünweißes Lichtkästchen. Da sieht man, wie ein Mann mit einem Tisch auf dem Buckel die Treppe hochastet. Wir werden ja sehen. Am Abend rege ich mich leiser auf, viel leiser. Da bin ich ja auch oft in Begleitung, da bin ich mehr, wie sagt man so schön, ein introvertierter Nörgler. Am Abend z. B. kann mir ein zu großes Salatblatt alle Gelassenheit zunichte machen. Vielleicht haben Sie's auch schon bemerkt, die Salatblätter auf den meisten knackigen Salattellern werden immer größer. Und wenn Sie ein Blatt unter vielen Salatblättern mit der Gabel ganz langsam und vorsichtig hervorziehen, haben Sie gleich den ganzen Teller auf 'm Schoß, rücksichtslos, rücksichtslos! Diese knackigen Salattellermacher stehen wahrscheinlich lauernd hinter der Tür und lachen sich ins Fäustchen. Rücksichtslos! Ich weiß, ich weiß, man ißt jetzt große Salatblätter, ich, nein, ich nicht, ich nehme meine Gabel, mein Messer und schneide alles kurz und klein, kurz und klein bis durch die Tischdecke, alles kurz und klein.

## *Die Bäcker von Beumelburg*

Schwapp, schnippte der Prinz mit den Fingern und futsch war die Prinzessin. Schwupp, machte die Prinzessin mit dem Absatz, und der Prinz war wieder da. Da ich etwas monomanisch veranlagt bin, könnte ich das jetzt stundenlang machen. Mich interessiert dabei auch nur folgendes: Ich weiß nämlich nicht, d. h. ich versuche schon lange herauszukriegen, aus welchem Märchen speziell diese Stelle ist, weil sie mich immer an eine andere Geschichte erinnert, und zwar an die berühmte Geschichte »Die Bäcker von Beumelburg«. Die kennen Sie ja sicher. Kennen Sie nicht? Ach, die kennen Sie doch! Sie kennen doch die Geschichte von den Bäckern aus Beumelburg. Aber ja doch! Tun Sie doch nicht so! Sie kennen doch die Kinder von Dinkelsbühl, dann kennen Sie auch die Bäcker aus Beumelburg. Ist alles dieselbe Familie, kennen Sie nicht? Na gut, also. Also gut. Also, ich erzähle sie Ihnen.

Als seine Bewußtlosigkeit, der Herzog von Braunschweig, vor den Toren von Beumelburg lag und die Bürger von Beumelburg darob nicht mehr ein noch aus wußten, schickten sie doch in der bekannten Herrgottsfrüh, die ist ja damals über Nacht sehr bekannt geworden, schickten sie doch in der bekannten Herrgottsfrüh 30 ihrer besten Bäcker vor die Tore der Stadt, die sollten den Herzog besänftigen und huben an, überliefert zu sprechen, das machte man damals noch. Das sollten wir uns auch wieder angewöhnen, überliefert zu sprechen. Huben also an: »Euer Libden, wir haben ein Brot für Euch gebacken. Das größte auf Erden, woran Eure Zähne viel Knackens haben.« Da ließ seine Bewußtlosigkeit, der Herzog von Braunschweig, alle Bäcker erschlagen, auch die, die sich in

ihren Backöfen verkriechen und verstecken wollten. Und so findet ja bekanntlich, in jedem Jahr, auf dem wunderschönen uralten Marktplatz von Beumelburg kein festliches Weihespiel statt. Ist Pech, nicht? Tut mir leid! Ist dumm, nicht? Ist Geschichte, ist 'ne dumme Geschichte. Aber eine schöne Geschichte. Schön dumm, sagt man ja auch. Ich dachte, Sie kennen die Geschichte. Jetzt kennen Sie sie.

Oder die Schuster von Augsburg. Als der freie Reichsgraf Franz von Otzingen einmal vor Augsburg lag und dann nie wieder und die Augsburger kein Auge mehr zutaten, schickten auch sie in der bekannten Herrgottsfrüh 100 auserlesene Schuster vor die Tore der Stadt, unter ihnen den Meister Hans von Flechtingen. Und der sprach: »Herr, wir bringen Euch Schuhe, die besten, von Hand gemacht, die tragen Euch bis in die Mongolei.«

Diese Geschichte ging auch daneben. Ist komisch, was? Es ist also nicht so, wie wir es immer vernehmen, keineswegs.

Nicht zuletzt auch die Spinner von Heidelberg, die kennen Sie ja sicher? Als Otto der Welfe ganz Lombardien ausgeplündert, gebrandschatzt und alles ausgezogen bis aufs Hemd, und plötzlich vor Heidelberg lag, da kriegten die Bürger von Heidelberg es mit panischem Schrecken, und kasteiten und ließen zur Ader sich usw. usw. und schickten doch in der bekannten Herrgottsfrüh 20 stadtbekannte Faden- und Tuchspinner vor die Tore der Stadt. Die sprachen sogar im Chor: »Seht, edler Herr, wir sind Spinner. Und haben nicht mal einen Kittel am Leib!« Da fiel Otto der Welfe tödlich vom Pferd. Und als seine Reiter sahen die Standarte sinken, stoben sie auf und davon wie damals die goldene Horde beim Anblick des Timur. Die Spinner sind heute noch zu sehen. Erkältet, erfroren, versteinert! Erwachsene eine Mark, Kinder nur 20 Pfennig!

## *Nachts im Hotel*

Neulich war ich ziemlich durcheinander, ich bin irgendwo gewesen, wo ich gar nicht war. Also, es war so. Ich lag im Bett und schlief, es war so zwischen drei und vier gegen Morgen in Gütersloh in einem Hotel, auf einmal geht's Telefon. Ich sofort hoch mit dem rechten Arm – ich denk ich bin zu Haus, hab das Telefon gesucht, nicht wahr. Nix. Ich aus dem Bett – lauf direkt in einen Stuhl rein. Broch! Warum ich nicht das Licht angemacht hab, ich war absolut sicher – ich bin zu Hause. Jetzt muß doch gleich das Bettende kommen, das Bettende kam aber noch lange nicht, Pustekuchen! Ich auf dem Fußboden – auf allen Vieren weiter und stoß mit meinen Kopf an der Schreibtischschublade. Broch! Das Telefon klingelt! Ich fange wieder beim Fußende an. Jedenfalls, je mehr ich versucht habe herauszukommen, wo ich bin, desto schlimmer wurde es. Alle Zeiten waren völlig verschütt, alle Räume sahen gleich aus, düster. Und erst ganz am anderen Ende der Welt, möchte ich fast meinen, kam der winzige Schimmer »Gütersloh – Hotelzimmer« – das Telefon steht ganz weit weg auf so 'nem kleinen Sekretär. Und als ich dann schließlich den Hörer abnahm, da hieß es dann: »Entschuldigen Sie bitte vielmals, Herr Dr. Braun, hier ist nochmal Windmöller. Ich wollte eben noch rasch den Termin bestätigen und Ihnen und Ihrer Frau Gemahlin gute Erholung in Afrika wünschen, es war ein sehr schöner Abend.« »Es war gar kein schöner Abend«, hab ich da gesagt. »Ich bin nämlich der nackte Mann mit mindestens zehn blauen Flecken! Ich fahr auch nicht mit meiner Frau nach Afrika, und Ihren Termin können Sie sich an den Hut stecken. Ich bin auf Zimmer 727, und das Ganze hätten Sie mir auch morgen früh sagen können.« »Ja dann entschuldigen Sie bitte vielmals, Herr Dr. Braun.« »Ich bin auch nicht Ihr Dr. Braun, ich bin der verlorene Sohn des Empfangschefs.« Und dann habe ich eingehängt. Und dann habe ich erst die kleine Lampe auf dem Sekretär angemacht, meine Augen waren sofort tödlich beleidigt, also habe ich die Lampe wieder ausgemacht und bin dann im Dunkeln, ganz vorsichtig, wieder ins Bett zurückgetappt. Am anderen Morgen lag vor meiner Hotelzimmertür ein Riesenblumenstrauß. Kleines

Kärtchen dabei, und auf dem Kärtchen stand geschrieben: »Entschuldigen Sie vielmals, Dr. Braun, bin schon abgereist – Ihr Windmöller.« Als ich das gelesen hatte, dachte ich: »Letzte Nacht wußte ich nicht, wo ich bin, heute Morgen weiß ich nicht mehr, wie ich heiße«, und manchmal stelle ich mich auch schon vorsichtig als »Dr. Braun« vor.

# *Japanischer Film*

Also, ich habe eine wahnsinnige Vorliebe für japanische Filme, obwohl ich kaum einen sehe, – so gut wie gar keinen. Aber meine Freunde sehen die immer für mich mit, und wenn die dann aus dem Kino kommen und haben einen japanischen Film gesehen oder im Fernsehen einen japanischen Film, kommen sie immer gleich zu mir und haben dann immer gleich drei Sätze auf Lager. Der erste Satz lautet: »Hervorragend gemacht, hervorragend gemacht.« Der zweite ist dann gleich an mich gerichtet: »Wenn du den noch irgendwo erwischen kannst.« Und der dritte Satz hängt am zweiten dran und heißt: »Ich flehe dich an, ich flehe dich an.« Manchmal haben sie auch noch einen vierten Satz – nicht immer, aber manchmal – »Grade du müßtest ihn sehen, grade du, also wenn schon – dann du.« Dann brech ich zusammen, dann brech ich jedesmal zusammen. Vor einem Jahr hab ich einen gesehen, nein, das war gar kein japanischer – das war ein koreanischer, aber die asiatischen Filme sind ja alle sehr ähnlich, sind ja alle sehr episch, und den haben Sie auch bestimmt gesehen. Da lief immer einer, den haben Sie bestimmt gesehen, da lief immer einer barfuß mit einer Pechfackel an der Küste entlang, sehr episch – also eben an der Küste entlang. Hatte eine Kiepe auf – da saß eine Frau drin – und die beiden liefen also episch an der Küste entlang. Mit Erzähler natürlich. Und dann haben sie etwa nach 'ner halben Stunde festgestellt, daß sie im Dorf den Kochtopf vergessen hatten, da mußten sie also wieder zurück. Dann haben sie sich auf der Stelle rumgedreht und haben gesagt, wozu soviel Zeit verlieren, und sind also wieder zurückgelaufen, ganz episch. Da kamen sie nachts um drei in dem Dorf an, da war aber aus sozialen Gründen inzwischen ein Aufstand ausgebrochen, da liefen so 400 barfuß mit Pechfackeln rum. Sie haben aber trotz der Pechfackeln bei dem Durcheinander den Kochtopf nicht gefunden. Da mußten sie am anderen Morgen, mit so 'nem großen zweirädrigen, schweren, knorrigen Karren, mußten sie dann weiterfahren. Also, hervorragend gemacht. Wenn Sie den noch irgendwo erwischen... Ich flehe Sie an, grade Sie, grade Sie. Ich hab ja so 'ne Vorliebe für diese japanischen Filme. Diese japanischen Königsprinzen-, Mönchs- und Bergfürstendramen. Das sind diese wahnwitzigen Filme, in denen ständig gesäbelt wird. Neulich – vor sechs Wochen – hab ich's Fernsehen angemacht, säbelte man wieder. Ausgemacht – nach zwei Minuten wieder angestellt – säbelten sie wieder. Habe ich sage und schreibe zwanzig Minuten gewartet, angemacht, immer noch Säbeln. Ich habe immer den Eindruck, die stehen, bevor der Film beginnt, schon hinter der Leinwand und säbeln sich ein. Vor zwei Jahren gab's im Deutschen Fernsehen mal einen japanischen Monat. Sie wissen ja, wenn holländische Woche ist, stellen alle Holzschuhe ins Schaufenster. Wenn japanischer Monat ist, dann machen alle Wirte in ihrem Restaurant eine japanische Ecke, und dann kriegen Sie die Stäbchen ins Kreuz geschmissen, und dann geht's los. Ohne Fleiß keinen Reis, Nippon, Nippon! Die Japaner essen ja nicht, die nippen ja nur, deswegen sind die auch alle so klein geblieben. Und wenn Sie aus dem Lokal herauskommen, dann sind Sie schon ein richtiger Japaner – so nach dem Motto: Sie kamen als Gast und gingen als Samurai. Und in diesem japanischen Monat wurden in jeder Woche zwei Filme dieser speziellen Art gezeigt, auch alles sehr episch und alles mit Erzähler natürlich, das kennen wir ja hier in Mitteleuropa gar nicht, mit Erzähler. Kaum kommt Kashamokokiri – Sie haben den Film gesehen, nein? Kaum kommt Kashamokokiri, der Sohn des Fürsten Washawishilobisamu und seiner Frau Kurimangamungo, kaum kommt der junge Kashamokokiri in das Dorf Menningliutsetse, schon wird gesäbelt und von Baum zu Baum gehüpft. Denn Kashamokokiri soll im Auftrag des kaiserlichen Generals Kikatandamajo im Tempel von Schonikaju die alte Standarte aus den Zeiten der blauen Himbeere und der musikalischen Aprikose, jene berühmte Standarte des Samurai aufstellen, zu Ehren des Kaisers Kanzekonze, der heißt so, der heißt so. Es klingt zwar rheinisch, ist aber original japanisch. Kanzekonze! Ist indojapanisch, indojapanisch. Hat mit dem Finnisch-Ugrischen nichts zu tun, ist indojapanisch. Kannze ist rheinisch – haben wir ja als Kinder gesagt, »Kannze Purzelbaum, mach mal, ne.« Und Konze ist japanisch – heißt soviel wie Fahrradfahren, also der Kaiser heißt genau Kaiser Kannze Fahrradfahren der Erste. Ja, das ist ja, das ist für uns ungewohnt, aber es ist halt, es ist halt diese blumige Sprache, das ist ja alles Poesie bei denen, nicht wahr. Jeder Japaner ist eine Tuschzeichnung für sich und ganz zart und ganz fein. Da steckt ja eine Weisheit drin, das kriegen wir ja hier gar nicht mit, auch diese

wunderschönen Sprüche, die die dauernd haben – wie heißt das – »Wenn das Huhn frühmorgens gackert, hat das Pferd am Abend gut lachen.« All diese ganzen weisen, diese uralten, die sind ja uralt, die sind ja zwei-, drei-, viertausend Jahre alt, nicht – aus diesen verschiedenen Dynastien von Ping nach Pong und wie sie alle heißen. Das weiß man ja gar nicht, wenn man sich nicht damit beschäftigt. Kaiser Kanzekonze hat eine Gemahlin Namens Kikilitikitt. Die heißen ja alle auf »i« da, die Japaner sind uns ja technisch sehr überlegen, die brauchen auch morgens keinen Wecker mehr, die rufen den Namen ihrer Frau, dann sind die wach. Kikilitikitt. Und dann, ja, das sind wir nicht gewohnt, das sind wir nicht gewohnt, das ist 'ne andere Welt, natürlich. Und dann ruft sie aus der Küche zurück: »Sohni, Sohni«, denn der Kleine muß ja um acht in die Schule. Wir brauchen da eigentlich gar nicht hinzufahren, denn es ist genau wie bei uns, nur alles 'n bißchen gelber.

Als aber nun Kashamokokiri, der Sohn des Fürsten Washiwishilobosamu und seiner Frau Kurimangamungo den Fluß Kaschamukokiri überquert, das ist der zweitgrößte Fluß Asiens, der immer wieder – wahrscheinlich aus militärischen Gründen, verschwiegen wird, ist ein Grenzfluß, 'n typischer Grenzfluß – nicht wahr, die haben da ja sowieso nur Grenzflüsse, glaub ich. Jedenfalls, als Kashamokokitzi an dem berühmten Morgen des zinnoberroten September in seinem zimtfarbenen Seidengewand mit der berühmten Samtmütze Timurs des Lahmen, daraus ja später Tamerlam wurde, das ist historisch belegt, daraus ist Tamerlam geworden. Und der Timur war ja auch lahm, das ist – die meisten glauben immer, das wär jetzt ein Jux von mir, nein, der war wirklich lahm. Der war blond und blauäugig, aber lahm – der liebe Gott ist ja gerecht. Man kann ja nicht alles auf einmal haben, das geht ja nun nicht. Aber der hieß wirklich wörtlich Timurilenk, das heißt Timur der Lahme – daraus ist ja später Tamerlam geworden. Das ist ja die berühmte asiatische Konsonantenverschiebung. Ja, wir hatten die Völkerwanderung – die hatten die Konsonantenverschiebung. So hat jeder sein Päckchen zu tragen, in der Geschichte. Und bei dem Timur, da fällt mir grade ein, das haben Sie doch auch in der Schule mitgekriegt, da haben sich doch die drei Kulturkreise überschnitten, wissen Sie das nicht mehr, wo die drei Kulturkreise sich ständig überschneiden? Das wissen Sie noch, das – wenn ich Ihnen das gleich sage, fällt's Ihnen wie Schuppen aus den Haaren. Das ist, nein das ist, das sind drei verschiedene Kulturkreise. Ich will's mal rasch erzählen. Da sind diese drei Kulturkreise quasi manifestiert durch drei besonders bekante Persönlichkeiten, und diese drei Persönlichkeiten haben irgendwie leicht verwandte Merkmale. Das sind in diesem Fall der Achill, der Siegfried und der Timur. Es ist einfach so, der Achill hat's an der Ferse, Siegfried im Rücken und Timur war lahm. Jetzt fällt's Ihnen ein, ne, jetzt fällt's Ihnen ein. Ja, ja, wo ich's erzähle, was ich ja immer sage – man braucht's ja nur anzutippen, dann ist ja alles gleich wieder da. 34 Strophen Erlkönig und so, man braucht's ja nur anzutippen, sage ich ja.

Als aber nun Kashamokokiri tatsächlich eines Morgens das Dorf Menningliutsetse erreicht, ruft ihm sogleich vom Dach seines Hauses, die Asiaten rufen ja

viel von den Dächern ihrer Häuser, ich weiß nicht, ob Sie's schon mal im Film gesehen haben, die stehen immer so schräg auf den Schindeln, die sind ja schindelfrei. Und vom Dach ruft ihm sein Todfeind, der Sohn des Prinzen Ongelongel, der gleichaltrige Lakimaschaschiri, ruft ihm vom Dach seines Hauses folgendes zu: »Brrrochchchch.« Und schon wird sofort gesäbelt, das geht also gleich los. Stundenlang – auch sonntags.

Inzwischen hat sich Juschischio, das ist 'ne ganz schlanke, sieht man kaum, die Prinzessin von Samakojo, aus der Stadt der tausend Kniefälle aufgemacht, um ihren Geliebten Kashamokokiri zu suchen und ihm zu helfen, die Standarte der himmelblauen Himbeere und der musikalischen Aprikose im Tempel von Schonikaju endlich aufzustellen. Juschischio, nicht zu verwechseln mit ihrer Schwester Juschischui, die ist also so schlank, die sieht man gar nicht, wenigstens im Film nicht. Juschischio ist die Tochter des berühmten Fürsten Harakamikazekiri und seiner Gemahlin Kokitaiaus aus dem 18. Jahrhundert. Er begründete ja bekanntlich damals die Stadt der 32.000 Butterblumen, in die man ja als Fremder nur hineingelangt, wenn man nach 32.000 Verbeugungen noch das Wort »Butterfly« aussprechen kann. Und daher stammt ja wohl auch das wörtliche Geflügel, also vielmehr das Dingsda, nicht wahr, »Wanderer kommst du nach Samakojo und hast das Wort Butterfly vergessen, nützen dir auch deine 32.000 Verbeugungen nichts mehr.« Dir wird unweigerlich eine Klinge in die Hand gedrückt, und du hast um dein Leben zu säbeln und von Baum zu Baum zu springen und dabei fürchterliche Schreie auszustoßen. Und bei dem Schreien müssen Sie mit dem Timing schwer aufpassen. Wenn Sie da drei Sekunden zu lang schreien, heißt das was völlig anderes, das ist eine ganz feine, uralte, hochdifferenzierte, hochkultivierte, asiatische Akklamationskunst, seit Jahrtausenden schon. Da müssen Sie ganz, auch wenn Sie mal, Sie wissen das ja auch, mit den Schriftzeichen, wie sensibel das alles zusammenhängt. Wenn Sie da mal 'n Brief hin schreiben und machen 'n Komma zuviel, der Brief ist hinfällig. Der kommt meistens zurück. Nicht immer, aber meistens kommt der zurück, und hinten steht drauf »Empfänger enttäuscht« oder sowas. Ja bei uns steht ja meistens »Empfänger verzogen«, also im Sinne von »Empfänger verwöhnt«, aber bei denen steht dann »Empfänger enttäuscht oder verbittert«, manchmal sogar »Empfänger sehr verbittert«. Das nur mal als Tip, wenn Sie mal 'n Briefwechsel mit Japanern oder Japanerinnen haben.

Nachdem nun die berühmte Standarte zu Ehren des Kaisers Kanzekonze und seiner Gemahlin Kikilitikitt endlich aufgestellt war, fiel alle Macht von da an den Sapurajus zu, das sind bei uns etwa die Hohenzollern, etwa, oder sagen wir vielleicht cirka, cirka ist genauer. Und Juschischio und Kaschomokukiri heirateten, bekamen schon bald einen Sohn, den später so weltberühmt gewordenen Mundigrafotungi, das heißt der Weltergreifer, von dem ganz bestimmt ein andermal ein ähnlicher Film gemacht wird. Und wenn sie nicht gestorben wären, dann sängen, sprängen und säbelten sie heute noch.

# *Was soll die Frieda kochen*

Diese Geschichte soll auch ein Beleg dafür sein, daß ich natürlich nicht 48 Jahre immer unterwegs war, immer aus dem Koffer gelebt, immer auf der Achse, von einem Hotel ins andere gezogen bin. Nein, ich bin zwischendurch auch schon mal nach Hause gekommen. Wenn ich wirklich jemanden ausgebeutet haben sollte, in all den Jahren, dann war es in allererster Linie meine eigene Familie, die aufgrund dieses merkwürdigen Berufes manchmal sehr oft und sehr lange nichts von mir haben konnte. Aber wenn ich dann nach Hause kam, standen wir sofort vor einem Riesenproblem. Das ist überregional, das kennen Sie auch alle. Ich würde sogar behaupten, das ist international. Das Problem.

Denn dann fragte mich die Frieda sofort: »Also wenn ich nur wüßte, was ich heute wieder mal kochen soll. Fällt dir was ein, fällt dir was ein, fällt dir was ein?«

Und ich sagte: »Kochen, laß mal überlegen, mach doch was, mach doch was, mach doch was, was am wenigsten Arbeit macht.«

»Ja, was am wenigsten Arbeit macht, das ißt du ja wieder nicht.«

»Ja, und was ist das?«

»Pellkartoffeln mit Quark, eß ich für mein Leben gern.«

»Dann mach das doch.«

»Ja, dann muß ich ja für dich wieder was Extras machen«.

»Nein, mußt du nicht, mach Pellkartoffeln mit Quark, vielleicht schmeckt's mir auf einmal. Ich hab auch früher keine Möhren gemocht, als Kind, aber so wie du sie machst, esse ich sie doch inzwischen, deine Möhren.«

»Nein, ich weiß schon, was ich mache. Ich mache Hackbraten mit Spätzle und Salat, und für dich kann ich ja ganz rasch 'n paar Kartoffeln machen, du bist ja nicht so sehr für Teigwaren.«

»Mach doch 'ne Suppe«.

»Ja was denn?«

»Linsensuppe, Bohnensuppe, Erbsensuppe, kannst du also wirklich jeden Tag...«

»Ja wenn's nach dir ginge, müßte ich jeden Tag Suppe machen. Aber bild dir nur nicht ein, daß das keine Arbeit macht, grade Suppe macht Arbeit, grade Suppe. Vor allen Dingen Frühlingssuppe.«

»Ja, ja, dann, dann mach eben, was schnell geht, Spinat durcheinander oder sowas.«

»Hatten wir doch gerade vorgestern.«

»Dann mach Fischstäbchen.«

»Fischstäbchen, also wenn dir nix mehr einfällt, fallen dir nur noch Fischstäbchen ein. Außerdem wollte ich die Freitag machen.«

»Ja, dann mach doch Paprikaschoten oder jetzt 'ne Tasse Kaffee und 'n Stück Kuchen und heute abend essen wir warm, können wir auch, man ist ja flexibel«.

»Du, ich könnte auch Bratwurst machen.«

»Mach doch Kaffee und Kuchen, mir ist es wirklich ganz Wurscht.«

»Da wirste doch nicht satt von.«

»Dann eß ich eben noch 'n Brot, ist doch wirklich kein Problem, Menschenskind noch mal.«

»Also, ich kann auch rasch 'n paar Spiegeleier machen.«

»Also mir ist das wirklich ganz egal, ich hab sowieso nicht viel Hunger.«

»Ja, wenn du keinen Hunger hast, brauche ich ja gar nicht erst anzufangen.«

»Doch, doch, 'n bißchen Hunger hab ich schon.«

»Das sagst du jetzt nur mir zuliebe, ich kenn dich doch.«

»Nein, ich mein doch nur, daß es mir egal ist, du sollst jetzt hier nicht groß rumwühlen, das meine ich.«

»Also, wenn ein Mann schon sagt, daß es ihm egal ist, was seine Frau kocht, dann brauche ich wirklich nicht anzufangen.«

»So hab ich das doch gar nicht gemeint.«

»Ja, wie hast du's denn gemeint?«

»Ich mein doch nur, daß du nicht, wie gestern, was Großes mit Suppe und Nachtisch machst, sondern einfach, was wenig Arbeit macht.«

»Also gestern der Schweinebraten mit Zitronencreme hinterher hat überhaupt keine Arbeit gemacht.«

»Mach doch einfach ein paar Brote, dann hat sich der Fall, ich bin doch weiß Gott kein Chauvi.«

»Na, na, na, na, na, also das würde ich bei dir nicht so ohne weiteres unterschreiben.«

»Also komm jetzt, bei uns zu Hause hieß es früher immer, was auf den Tisch kommt, das wird gegessen.«

»Das sollte ich mal bei dir machen, hoho-hoho. Ne ne ne, so großzügig bist du gar nicht, wie du immer tust. Im stillen möchtest du doch lieber was anderes.«

»Was soll denn das schon wieder heißen?«

»Ja ich bin eben unsicher. Schließlich, wenn du schon mal nach Hause kommst, will ich dir was einigermaßen Gescheites vorsetzen.«

»Hab ich schon mal gemeckert, im Gegenteil, ich hab immer noch fleißig Dill und Petersilie mitgehackt. Und hab ich schon mal gesagt, daß es mir nicht schmeckt?«

»Aber gedacht, das macht mich ja so unsicher.«

»Ja wenn das so ist, wenn das so ist, das können wir doch ganz leicht ändern, dann schlage ich wirklich mal ab und zu mit der Faust auf den Tisch.«

»Laß den Tisch bitte ganz.«

»Weißt du was, mach doch Speckpfannkuchen mit Salat.«

»Das wollte ich morgen machen.«

»Also gut, dann mach Pellkartoffeln mit Quark.«

»Ich kann auch gebackene Bohnen.«

»Nein, jetzt machst du bitteschön Pellkartoffeln mit Quark.«

»Aber wenn du lieber gebackene Bohnen.«

»Also jetzt sage ich gar nichts mehr.«

»Also doch gebackene Bohnen.«

»Nein, Pellkartoffeln mit Quark, ich will keine Extrawurst.«

»Also, ich könnte schon längst fertig sein, wenn du dich einmal klar ausdrücken würdest.«

»Wir könnten schon längst gegessen haben, wenn du einmal meine Vorschläge ernst nehmen würdest.«

»Also, dann koche ich gar nichts.«

»Ist mir auch recht.«

»Also Schluß, ich mach jetzt eine Linsensuppe.«

»Du machst jetzt bitteschön Pellkartoffeln mit Quark. Das wollen wir doch mal sehen! Das wollen wir doch mal sehen!«

»Also gut, wie der Herr befehlen, Pellkartoffeln mit Quark.«

Und so kriege ich natürlich im Laufe der Jahre jedes zweite Essen in die Schuhe geschoben.

# *Alle Geräte lassen nach*

Ich muß mich jetzt mal sofort beschweren, nicht bei Ihnen – nein. Ich muß nur so einiges abhaken, so einiges, was mir aufgefallen ist. Also, meine Frau sagt auch immer zu mir, ich wäre ein richtiger Defaitist, sagt sie in letzter Zeit immer, das heißt also, praktisch, wie soll ich das sagen, ich weiß nicht, was das heißt. Ich bin nicht so polyglott wie ich aussehe. Ja wirklich, ich weiß auch gar nicht, wo das liegt. Soll ja 'ne kleine Insel in der Karibik sein, Polyglott. Wunderhübsch anzuschauen, wunderhübsch. Ein Wochenende 998,– Mark hin und zurück. Mit Crashair! Jedenfalls, ja ich wäre ein richtiger, das kommt wahrscheinlich aus dem Lateinischen, defendere, oder aus dem Arabischen, Effendi, ich wäre ein Defaitist, weil ich immer sage, daß alle Geräte in unserem Lande nachgelassen haben. Nur mal ein winziges, banales Beispiel, damit fängt es ja immer an, und man will es nicht wahrhaben. Ich weiß nicht, ob das vor Ihrer gymnastischen Übung oder danach geschieht. Also morgens, wenn Sie die Dusche betreten, die Mischbatterie zum Beispiel. Ganz abgesehen davon, daß es ja davon 100 verschiedene Ausführungen gibt. Zum Beispiel, die mit dem Hebel. Nach links ist heiß – nach rechts ist kalt, kennen Sie ja. Da müssen Sie doch, wenn Sie ehrlich sind, jeden Morgen Millimeterarbeit leisten, jeden Morgen, wenn Sie ehrlich sind. Und die meisten gehen auch nur ruckartig, schon hat man sich die linke Schulter verbrannt, während die rechte noch in der Arktis liegt. Nein, da lobe ich mir doch den alten deutschen Kran oder Hahn. Kräne und Hähne, könnte ein Stück von O'Casey sein. Der betrunkene Hahn auf dem Marktplatz von Dublin oder so ähnlich. Die meisten Duschen haben jetzt so 'n Griff, nicht – wie ein Knüppel im Flugzeug – wie sagt man – so 'n Joystick, sagt man, glaube ich. Also in dem Falle ein James Joystick – könnte man sagen. Wir machen ja literarisches Kabarett, hahaha. Nein, das müssen Sie alles vorher regelrecht üben, langsam nach vorne ziehen, langsam nach links, dann noch ein bißchen nach vorn, da müssen Sie schon ein feines Händchen für haben. Manchmal kann man auch mit einem Zeiger vorher schon die Temperatur einstellen. Das sieht aus wie beim Roulette, Rouge et Noir –

nichts geht mehr, nicht wahr. In so 'ne Dusche gehe ich meistens jar nicht rein, das hat für mich, nein, da wasch ich mich lieber konservativ, das hat keinen Sinn für mich. Und die Duschen, wo die Brause fest eingemauert ist, also da gibt's ja das weltberühmte Gedicht, fest eingemauert in der Dusche, ist die Brause ganz aus Dings, das ist nicht der Erlkönig, es ist auch lang – aber nicht der Erlkönig. Sonst ist es ja meistens der Erlkönig. Da kriegen mich ja keine zehn Pferde rein, wo in eine normale Dusche sowieso nur ein halbes Pferd reingeht. Also Duschen, wo die Brause fest eingemauert ist, in so alten Hotels hat man das, da kann man sich dran aufhängen, und auch nur so 'n Joystick haben, die verachte ich über alle Maßen. Nein, nein, ich möchte so 'ne alte Dusche mit zwei Hähnen oder Kränen, wo ich alles ganz fein und sensibel mischen kann. Aber die meisten Mischbatterien sind ja ausgeleiert – wie ich schon sagte, so daß wirklich nur kochend heißes oder eisig kaltes Wasser rauskommt. Ich meine, für zu dickes Blut soll das ja sehr gut sein, für zu dickes Blut. So 'ne Dusche, sage ich immer, erspart Bad Wörishofen im Wohnzimmer. Aber auf die Dauer kann ich dafür meinen guten deutschen Namen nicht hergeben, nein, nein.

Es hat alles überall nachgelassen. Bei der Deutschen Bahn AG, sehen Sie mal, bei der Deutschen Bahn AG, da habe ich schon öfters drüber geklagt, aber ich fahre ja auch ganz gern damit, ich bin ja abhängig, aber da gibt es ganz einfach zu wenig Schalter, es gibt zu wenig Schalter. In Köln gibt es, glaube ich, zwölf Schalter, nur drei sind auf, höchstens – höchstens! Die meisten sind immer geschlossen, oder es wird ausgebildet. Wenn ich komme, wird immer ausgebildet. Ja, das haben die sich schon ausgedacht, Achtung, da kommt der, rasch ausbilden. Oder die Schalter sind vorübergehend nicht besetzt. Was sieht man – Schlangen! Überall Schlangen – durchs ganze Reisezentrum. Ist ja auch so 'n Wahnsinnswort – Reisezentrum! Bis in die Bahnhofshalle. Von fliegendem Wechsel in Stoßzeiten haben die bei der Deutschen Bahn AG noch nie etwas gehört. Bei der Post doch ganz genauso. Viel zu wenig Telefonzellen, viel zu wenig Schalter. Und von den viel zu wenig sind die meisten geschlossen. Was ist das Ergebnis – ebenfalls Schlangen! Abends um sechs, da können Sie hingehen, wo Sie wollen. Alle Telefonzellen sind besetzt, und wenn Sie mal 'ne freie finden – ist sie kaputt, nicht wahr. Oder bis oben hin mit Geldstücken verstopft. Völlig außer Betrieb, da hängt dann immer so 'n unbeholfenes Schild dran: »Außer Betrieb – es könnte ein Leben retten«, weil irgend ein Vandale mit dem Telefon Randale gemacht hat, so ist es doch. Es haben in unserem Lande – wie ich schon sagte, nicht nur die Geräte, sondern auch die Menschen nachgelassen.

Das ist jammerschade. Wo wir doch so eine führende blühende Industrienation sind, das lese ich doch jeden zweiten Tag in der Zeitung. Wir seien eine führende, blühende Industrienation, das klingt ja wie das singende, springende Löweneckerchen. Und das ist ja auch ein Märchen.

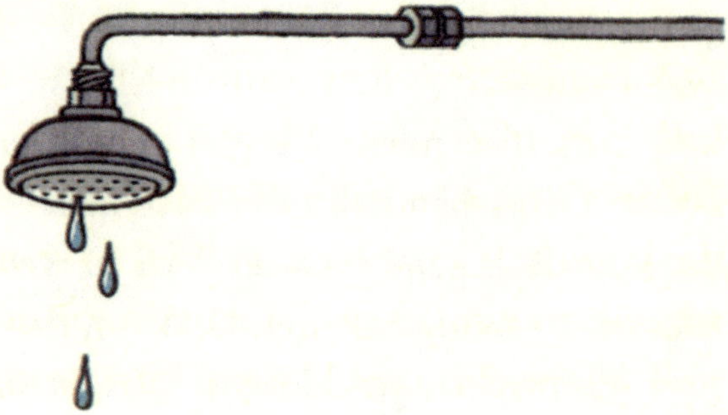

# *Alles bestellen*

Sie wissen natürlich, meine Lieben, daß man nichts mitnehmen kann, aber ich mein das jetzt nicht nach dem Tode, das ist ja logisch, das ist ja klar, das wissen wir ja alle. Das haben wir ja hinreichend geübt. Das ist ja Philosophie, das ist ja das berühmte Hemd ohne Taschen, nicht wahr, man kann nichts, man kann nichts mitnehmen. Nein, ich meine jetzt mehr so im Leben, also im Geschäft, meine ich, also nichts mitnehmen – also im Laden. Oder wie könnte ich zwei Klappen mit einer Fliege schlagen. Also sagen wir mal, zu Ladenlebenszeiten Also, vielleicht haben die Damen unter Ihnen das ja auch schon festgestellt, früher konnte man doch in einen Laden gehen und einfach sagen: »Ich hätte gern 'n Küchenstuhl.« Nur als Beispiel, jetzt mal. Dann hat man sich einen ausgesucht, bezahlt, den Stuhl geschnappt, nach Hause getragen. Wie heißt der schöne Spruch – »Das ist der Daumen – der schüttelt die Pflaumen, der liest sie alle auf, der trägt sie nach Haus und der kleine ißt sie alle auf«, und fertig war die Sitzgelegenheit.

Und heute – heute sagt fast jeder zweite Verkäufer – fast jede zweite Verkäuferin: »Das kann ich Ihnen gerne bestellen!« Ich meine, es gibt schon noch Sachen, ja ja, es gibt schon noch Sachen, die man gleich mitnehmen kann, wie Butter und Kartoffeln beispielsweise. Das ist ja auch elementar, das heißt ja von der Hand in den Mund – das ist ja altgriechisch, nicht wahr. Eleumentaros, nicht – eleu – von der Hand – mentaros – in den Mund. So heißt es, glaube ich. Jedenfalls, aber wenn Sie sich dagegen 'ne Küche oder 'n Schlafzimmer oder 'n Sofa oder nur 'n Paar Schuhe – habe ich neulich erlebt – oder nur 'n Paar Schuhe anschaffen wollen, dann sagt der Verkäufer oder die Verkäuferin meistens: »Kann ich Ihnen gerne bestellen!« Das heißt, erst gucken sie noch mal im Lager nach, rufen x Zentralen an, nichts, in den meisten Fällen muß bestellt werden. Ob das nun Bettwäsche ist, wo die Größe nicht vorrätig ist, oder Tischdecken, die zusammengenäht werden müssen, weil sie nur 80 auf 120, ich weiß das ja, ich hör das ja, ich geh ja immer mit, ich bin ja Partner, nicht, ich bin ja schließlich Partner! Ich hab zwar keine Ahnung davon, ich hab noch nie auf 'ner Tischdecke gelegen, aber die müssen zusammengenäht werden, weil sie nur 80 auf 120 liegen. Ich meine, da braucht man doch eigentlich gar kein Geschäft mehr aufzumachen, da können wir doch eigentlich alles direkt beim Hersteller vor Ort telefonisch bestellen. Gut, bei den großen Teilen, ja da kann ich das ja begreifen, kann ich das verstehen, aber selbst bei Badezimmermatten muß doch die arme kleine Verkäuferin oft tief in den Keller steigen, um nachzugucken, ob da eventuell vom vorigen Schlußverkauf noch was speziell Sandfarbenes übrig geblieben ist, was speziell Sandfarbenes. »Das ist so gebrochenes Ocker«, sage ich immer. »Oder auch gestoßenes Krokant, es liegt so dazwischen.« »Es liegt – es ist 'ne Zwischenfarbe, keine Zwischengröße, ist 'ne Zwischenfarbe 25, nicht wahr.« Ja, und wenn nicht – kann sie's gerne bestellen. Sie hätten's dann bis zur nächsten Lieferung, allerdings erst in zwei Monaten. »Ja, und das Fleischmesser mit dem weißen Griff – da könnte ich Ihnen etwas Ähnliches eventuell in drei Wochen aus Skandinavien besorgen.« »Ja«, sage ich, »das ist jetzt dumm, wir sind auf der Durchreise – und da müssen wir uns halt, mit einem anderen Hackebeil behelfen.« »Das kommt so weit«, habe ich neulich zu meiner Frau gesagt, »daß du eines Tages in einen Laden gehst und sagst«:

»Ich hätte gerne drei Brötchen.«

Und die Verkäuferin sagt dann zu Dir: »Welche Brötchen möchten Sie denn?«

»Drei ganz normale Brötchen – so wie früher.«

Und die Verkäuferin sagt dann:

»Ja, die muß ich Ihnen leider bestellen, Lieferzeit vier Wochen, nicht wahr, Anzahlung eine Mark zehn. Mohnbrötchen fünf Wochen, Speckbrötchen drei Wochen, Sesambrötchen sechs Wochen.«

»Wieso denn sechs Wochen, es hieß doch früher immer: Sesam öffne dich.«

»Ja, früher«, sagt die Verkäuferin, »aber heute liegt ja die Lieferzeit für Roggenbrötchen beispielsweise schon bei acht Wochen. Ja, die kommen aus Italien, da verzögert sich sowieso alles immer, wegen der vielen neuen Regierungen.«

Und die berühmten Gipfeli aus der Schweiz brauchen auch meist schon sieben Wochen im Schnitt, sieben Wochen im Schnitt. Die Gipfeli aus der Schweiz, im Schnitt sieben Wochen! Müssen Sie sich mal vorstellen, aus der Schweiz. Im Schnitt, die Gipfeli. Ich bin ein Wiederholungsfetischist, sieben Wochen im Schnitt, die Gipfeli aus der Schweiz. Sieben Wochen!

Ich geb ja gerne zu, das alles ist maßlos übertrieben, aber wir werden es ja sehen! Sie können mich anrufen!

Ich sage immer, alle Übertreibungen – siehe Jules Verne – sind bis jetzt immer noch eingetroffen. Die meisten sind doch längst überholt, was heißt hier überholt, die meisten sind schon regelrecht verjährt!

# *Praktische Geschenke*

Sagen Sie mal, ganz kurz gefragt, waren Sie schon in Urlaub? Ich meine, die keine schulpflichtigen Kinder haben, die können ja gehen, wenn sie wollen, die sind ja fein raus. Aber, waren Sie denn wenigstens neulich mal auf einem Geburtstag? Ich frag so dumm rum, weil ich brauche ein Stichwort für die nächste Geschichte. Es könnte auch, sagen wir mal, eine Silberne Hochzeit gewesen sein, oder es könnte ein Jubiläum oder Weihnachten sein. Mein Problem ist: »Wissen Sie immer, was Sie mitbringen sollen, was Sie schenken sollen? Ich werde immer ratloser, ich werde von Geburtstag zu Geburtstag ratloser. Ich weiß nichts, und wissen Sie, bei uns sogenannten Intellektuellen, sonst geht ja das Abendland vollends unter. Immer nur Bücher, immer nur Bücher und nochmal Bücher, immer nur Bücher, meistens die eigenen, nicht wahr! Ich hab ja grad so 'n dickes geschrieben. Und immer nur Platten und Bilder, das hängt einem doch schon zum Bauchnabel raus! Und dann immer der blöde Satz: »Ich hoffe, du hast es nicht schon! Wenn ja, kannst es ja weiterverschenken!« Ne, da fällt mir doch langsam der Zahnersatz aus den Ohren, nein, ich hab jetzt das Alter erreicht, ich muß das offen zugeben, ich hab jetzt das Alter erreicht, man kann auch frei drüber sprechen, ich bin da ganz ungezwungen und unbefangen drin. Mein Zahnarzt ist auch sehr nett, sehr nett. Ich weiß nicht, ob er gut ist – aber ich hab Vertrauen zu ihm. Er hat seine Praxis im vierten Stock – ohne Aufzug, aber dafür hat er noch diesen alten Zahnarztstuhl, diesen wunderbaren Zahnarztstuhl mit der hohen Rückenlehne, und mit den Seitenlehnen. So wie der Söldnerführer Ernst von Mannsfeld, der ja auch im 30jährigen Krieg, also, gestützt auf zwei Landsknechten stehend, den Tod erwartet hat. So ist das, wenn man in diesem Zahnarztstuhl sitzt, aufrecht im Zahnarztstuhl. Und wenn der Zahnarzt dann sagt: »Locker, locker, entspannen, entspannen«, deren Wortschatz ist ja nicht so groß, kann man sich in den Seitenlehnen so schön verkrallen. Und wenn die Bohrerei zu rasant wird, können Sie sich mit den Füßen abstoßen! Das ist ja bei diesen modernen Zahnarztliegen, das ist ja alles unmöglich, man hängt doch da völlig horizontal in der Luft, man kann nicht mal mehr auf die Zähne beißen, so ausgeliefert ist man! Neulich war ich wieder da, und wieder raus. Das ist ja immer das Schönste, wenn man beim Zahnarzt wieder rausgeht, und ich war schon ganz unten, war die Treppen schon runtergelaufen, da hat er wohl was vergessen, er hat er mir durchs Treppenhaus, durch den Treppenschacht ganz laut nachgerufen, so ganz ungezwungen, hat er gerufen: »Die zwei da und die zwei da, die müssen Sie sich unbedingt erhalten, unbedingt!« Und zwar ganz laut, die Leute kamen schon aus den Etagen, auf die Korridore. Und haben immer so geguckt, immer so geguckt, nicht wahr. Und da hab ich gesagt: »Ja warum?« »Da möchte ich noch was dran aufhängen«, hat er ganz laut gerufen. Und dann hat er noch gerufen: »Gruß zu Hause, aldente«, und dann ist er wieder in seine Praxis gegangen. Ich wußte gar nicht, daß das ein Zahnarztgruß ist, aldente, ich hab immer gedacht, das wär ein Begriff aus der Musik, aber man kann sich ja täuschen. Und man lernt ja nie aus! Na ja, es gibt doch diese berühmten Suiten mit diesen uralten Sätzen, wie heißen sie alle, Allegro, Andante, Aldente, Presto. Der letzte Satz heißt ja immer Presto, weil – die Musiker wollen ja auch mal nach Hause.

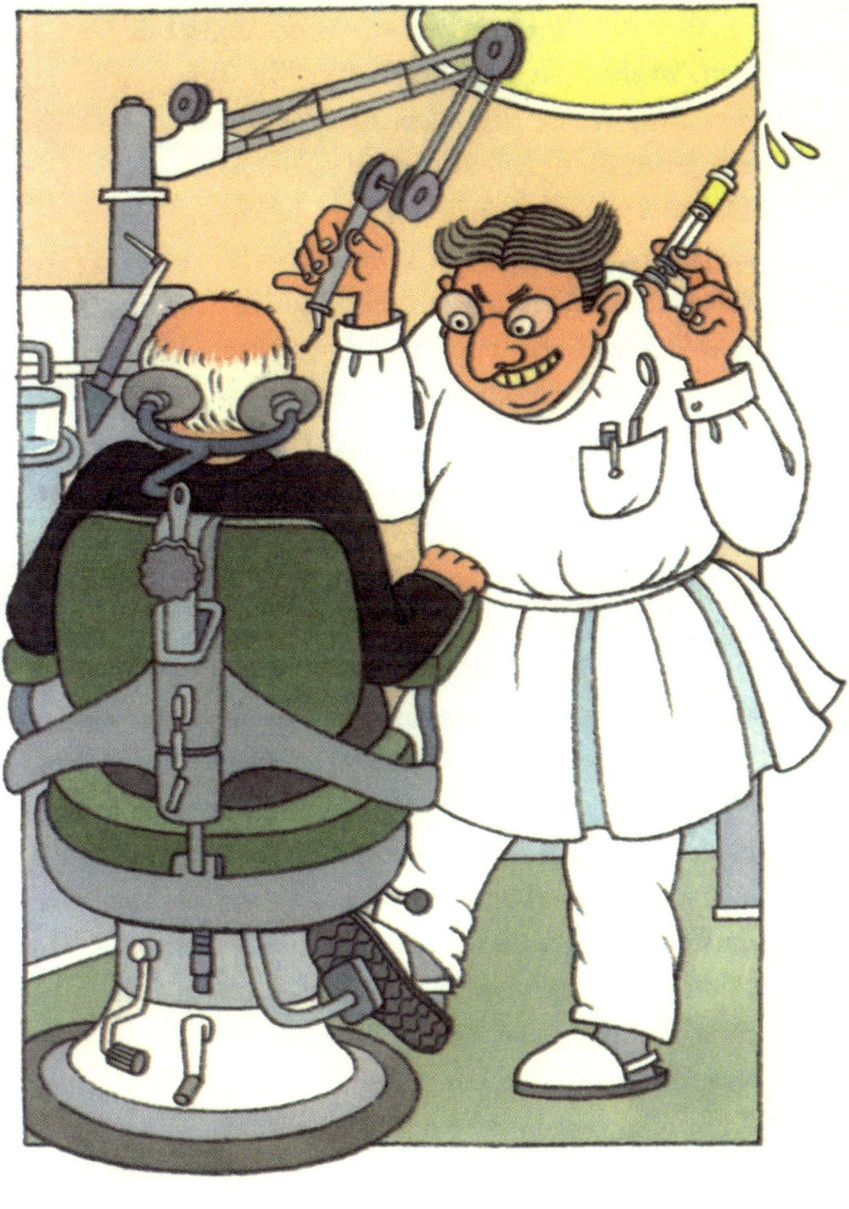

Aber das Problem, das wir eben angeschnitten haben, bleibt. Das Problem heißt: Was bringe ich mit, was schenke ich zum Geburtstag usw.? Also, vielleicht ein Jahresabonnement für die satirischen Blätter »Der Holzwurm« oder vielleicht vier Jahrzehnte der frühsozialistischen Zeitschrift »Die Grubenlampe«. Ja, so was krieg ich nämlich immer. Nein, ich will das nicht mehr, und ich will das auch nicht mehr verschenken. Da bin ich neulich einfach zu einer uralten Freundin gegangen, wir haben früher viel Theater und Kabarett zusammen gemacht, und da bin ich einfach radikal 14 Tage vorm Geburtstag mit der Tür ins Haus gefallen, hab laut und deutlich gefragt: »Was brauchst du, was willst du, raus mit der Sprache!« Gut, es ist dann zwar keine Überraschung mehr, aber manchmal ist doch ein neues Küchenmesser metaphysischer als 'ne Thomas-Mann-Gesamtausgabe. Oder, Mozart hin, Mozart her, ein neuer Staubsauger macht auch Musik. Es kommt doch immer auf die Bedingungen an. Wir müssen's nur vorher wissen, das ist ganz wichtig, man muß es vorher wissen. Sonst stehen wir da an deinem Geburtstag mit einer Bügelmaschine auf deinem Balkon rum, nicht wahr. Und du erklärst uns dann seelenruhig, daß du schon drei davon hast. Eine in der Wohnung, eine im Keller und eine im Büro, wenn der

Chef grad mal raus ist. Nein, das geht natürlich nicht. Wie stehen wir dann wieder da mit leeren Händen und Füßen. Blamieren uns vor den anderen illustren Gästen, die alle immer ihren Grass, ihren Lenz und ihren Walser unterm Arm mitgebracht haben. Und wir, die wir wirklich was zu deiner Entlastung beitragen wollen, wir stehen wie die Schmarotzer da, Kuchen fressen, Salate verschlingen, Sekt saufen, aber nur mit leeren Händen dastehn. Das ist entschieden zu wenig. Und darum sagen wir jetzt jedesmal in einem solchen Fall: »Sage uns, liebes Geburtstagskind – wessen du zur Zeit dringend bedarfst! Ist es eine Kreissäge, ein Gartenschlauch, eine Bohrmaschine? Wir besorgen es dir, du mußt gar nichts machen, du mußt es nur sagen. Ist es eine Kürbiszerstampfturbine, ein sprechendes Bügelbrett oder ein Fön, den man auch als Telefon benutzen kann, wir besorgen's dir. Wir wollen dir was Praktisches schenken – ach, du brauchst 'ne Brotmaschine, na wunderbar, eine Brotmaschine, eine Brotmaschine – auch wenn dein Urenkel vielleicht das Brot schon wieder mit der Hand schneidet, wenn überhaupt. Herzlichen Glückwunsch. Wir besorgen es dir!« Denn, wo eine Brotmaschine im Haus, da geht man gerne ein und aus! Das ist ein alter schwedischer Spruch aus dem 30jährigen Krieg – 1628 oder 1627, ich kann mich da nicht festlegen, aber um den Dreh herum, sagt man in der Geschichte ja immer, um den Dreh 1628/1627. Wo eine Brotmaschine im Haus – da geht man gerne ein und aus – Gustav Wasa, kennen Sie ja. Smörrebröd, Smörrebröd! Aber das ist ja dänisch, Smörrebröd ist dänisch, schwedisch heißt das Smörregors, Smörregors. Man lernt ja nie aus, wie ich eben schon sagte. Ich meine, der Originalspruch hieß etwas anders – der hieß: »Wo eine Bauernbrotmaschine dein, da geht man gerne aus und ein.« Das ist der Originalspruch von den beiden skandinavischen Dichtern Holger Achterblaad und Stag Biegerknud. Der eine hat die erste Zeile gedichtet und der andere die zweite. Das sind die skandinavischen Goethe und Schiller, Achterblaad und Biegerknud, der Volksmund macht ja mit diesen Sprichworten, das kennen wir ja auch – was er will, was er will. Der Originalspruch hieß: »Wo eine Bauernbrotmaschine dein, da geht man gerne aus und ein.«. Und unten drunter steht immer ganz ganz klein geschrieben »Aus dem Schwedischen von Inge Müller-Kampen«. Man überliest es meistens. »Aus dem Schwedischen«, das ist meine Lieblingsstelle. Jedenfalls 1627 oder 1628. Die Zahlen brauchen Sie nicht aufzuschreiben. Das ist geschichtlich ganz vage, ganz vage. Nein, nein, Sie brauchen das nicht aufzuschreiben. Ich weiß nicht, ob Ihnen das manchmal auch so geht, das passiert so drei- bis viermal im Jahr, ich weiß auch nicht, weiß den Grund noch nicht, warum sich da plötzlich so ein Rädchen weiterdreht. Ich hab nämlich den ganzen Tag gedacht, heute ist Sonntag! Und gestern abend hab ich gedacht, es ist Samstag. Sie kennen das doch sicher auch. Sie müssen aber nicht denken, daß ich Donnerstagmorgens schon denke – es ist Freitagmorgen. So weit verschieben sich die Dinge bei mir noch nicht, aber immerhin. Ich bin ein uralter Verdränger, ein sogenannter Chefverdränger. Eine Fundgrube für Therapeuten. Jedenfalls, ich motiviere mir die Dinge solange zurecht, daß sie für mich wieder passen und stimmen. Dann sanktioniere ich sie noch hinterher, und alles ist wieder in Ordnung.

# *Taschen, Trotz und Teppiche*

Ich wollte mir ja eigentlich heute morgen noch so 'n Mozartzopf machen. Aber ich hab ja kein volles Haar mehr, nicht. Aber wenn ich noch volles Haar hätte, dann würd ich mir heut noch so 'n Mozartzopf machen. Ansonsten habe ich dieser Tage versucht, 'n Kreuzworträtsel zu lösen. Ja, ich weiß ja nicht, was Sie davon halten, aber immerhin, meine Frau hat gesagt: »Hier, jetzt löst du mal das Kreuzworträtsel, jetzt gibste mal nicht so schnell auf!« Da gibt es ja Fragen, sag ich Ihnen, in der einen großen Zeitung, die kommt bei uns immer donnerstags, da ist immer so 'n Magazin dabei. Die Zeitung ist ja so groß, wenn man die im Zug aufschlägt, muß der Nachbar gleich zum Zahnarzt. Vorige Woche: Zehn waagerecht, 15 Buchstaben, süße Verschwörung ohne L. Ich hab et rausgekriegt: Pflaumenkompott! Oder acht senkrecht mit elf Buchstaben, Musiker, die in einem Nest hausen. Habe ich rausgekriegt: Komponisten.

Aber, was ich Sie eigentlich fragen wollte, ist: Sind Sie auch für schräge Manteltaschen? Da sind Sie bei mir schon unten durch! Ein Mantel mit schrägen Taschen, also unmöglich, grauenhaft. Ich habe einen Mantel, den trage ich ja bis an mein Lebensende. Kaschmir – ich bin der Frühling, sage ich immer, den muß ich bis an mein Lebensende tragen. Aber nur, weil der grade Taschen hat. Wenn der schräge Taschen gehabt hätte, wäre ich gleich aus dem Laden wieder herausgegangen. Der Verkäufer wollte mir ja so 'n Ding andrehen – wie hat er immer gesagt – Raglanschnitt – hat er immer gesagt. Ich weiß gar nicht, was das ist – Raglanschnitt – mit so Epauletten oben, also nix, wer bin ich denn – Raglanschnitt, also

Ich kann ja auch nicht haben, wenn so Teppiche oder so Teppichbrücken, wenn die so schräg gelegt werden, kann ich auch nicht haben! Die meisten Brücken, also so Perserbrücken, sind ja schöne Dinger drunter, ohne Zweifel, wie heißen die – Isfahan oder Kasachstan – ist auch egal. Jedenfalls, die werden heutzutage alle schräg gelegt. Da können Sie hinkommen, wo Sie wollen, schräg! Ja, ich weiß auch nicht, was das für 'ne dumme Angewohnheit ist. Wenn ich so 'ne schräge Perserbrücke seh, also – hier oben – plemm, plemm, ne!

Wir waren neulich bei Bekannten. Bei Bekannten, vormittags, nachmittags hat's bei denen keinen Sinn, da lag auch so 'n Ding rum, schräg natürlich. Hat meine Frau gleich zu mir gesagt: »Reiß dich zusammen!« Ich sag: »Wieso?« »Du weißt schon warum.« Der Teppich, das war ein Buchára oder ein Búchara. Also ich kann ja Sachen betonen, wie ich will, es ist immer falsch, immer falsch. Deswegen betone ich schon gar nix mehr. Jedenfalls, das war ein wertvoller Teppich, da ist ja immer untendrunter so ein Zettel geklebt, habe ich gleich hochgehoben. Aber wenn ich so 'n schönen Teppich seh – schräg – kriege ich die Kriminoten, da krieg ich – da werde ich rammdösig, werde ich da. Ich lege ja auch meine Blätter nicht schräg, sondern immer 90 Grad. Man baut ja auch die Häuser nicht schräg. Jedenfalls, als nun die Lisbeth, also bei unseren Bekannten mal raus war, nach 'm Essen gucken, da gab es, glaub ich, Dicke Bohnen mit einer Mehlschwitze. Das ist ja auch so was, das ist ja auch so was! Mehlschwitze, grauenhaft! Ich sage immer, feine Küche – Bad Salzuflen – sage ich immer. Da hab ich, als die Lisbeth jetzt mal nach 'm Essen gucken gegangen war, da hab ich die Perserbrücke schnell grad gelegt. Meine Frau hat sich bald in Grund und Boden geschämt. Aber, ich halte das nicht aus, ich halte das nicht aus! Und als die Lisbeth wieder hereinkam, hat sie den Teppich gleich wieder schräg gelegt, ohne ein Wort zu sagen, hat sie gleich noch – vor lauter Wut wahrscheinlich – in jedes Sofakissen so ’n Kniff reingeschlagen. In jedes Sofakissen! Kann ich auch nicht ausstehen, so Kniffe, so Kniffe sind mir suspekt. Wenn z. B. mal ein junger Mann in einen fremden Haushalt kommt, und will dort um die Hand der Tochter anhalten, und sieht dann all die furchtbar vielen Kniffe in den Kissen, dem kann ich nur empfehlen, sich auf dem Absatz rumzudrehen, denn da hängt der Haussegen schief. Warum kann man die Kissen nicht einfach gerade hinlegen, und dann müssen die Kissen auch einfach nur uni sein, also von mir aus altrosa oder blaugrau oder olivgrün, also nicht so bunte, wissen Sie noch, früher gab es so skandinavische Pullover. Da waren vorne so Blumenmuster drauf, da mußte man sich immer so kratzen, wissen Sie noch? Also, furchtbar! Für Après Ski vielleicht, aber nicht für mich! Also, jedenfalls, bei mir muß alles uni sein, höchstens noch Ton in Ton, das laß ich dann noch gelten.

Ja, und dann ist die Lisbeth wieder mal nach ’m Essen gucken gegangen, da hab ich den Teppich wieder grad gelegt. Und dann ist sie wieder reingekommen. Und fing dann plötzlich ganz laut an zu flöten, die hat sich geärgert natürlich. Das hat man ja öfter, daß Menschen, die sich über was ärgern, dann nix mehr sagen, aber anfangen zu flöten. Stundenlang – und je länger, und je lauter die flöten, desto mehr ärgern die sich. Ich weiß nicht genau, wie lange die Lisbeth geflötet hat, jedenfalls – der Teppich lag grade! So daß wir jetzt endlich zu dem eigentlichen Zweck unseres Besuches kommen konnten, wir wollten nämlich für die Goldene Hochzeit von Achteraths in der Fieselstraße 34, wollten wir ein Gemeinschaftsgeschenk besprechen, so 'ne große Vase für 150 Mark – ist doch verrückt, sowas! Also jeder soll sein Geschenk allein aussuchen, sage ich immer, und allein überreichen – gibt doch nur Streit. Aber die Frauen hatten sich das so ausgemacht. Also gut! Und grade, als meine Frau sagte, sie hätte bei Steinmanns im Schaufenster so 'ne schöne Vase ganz aus Murano-Glas gesehen, da kamen die Kinder aus der Schul, die haben ja drei Stück. Wie heißen die alle, also Matthias, Tobias, Andreas, Thomas, die heißen heute alle gleich, die Kinder. Stefan heißt glaub ich der Jüngste. Kaum, daß der Jüngste durch die Tür war, da sagt der doch sofort: »Warum liegt denn der Teppich so grad, der muß doch schräg liegen?« Ich sage: »Grade ist doch auch schön, sei doch froh, in Persien liegen die Teppiche alle grade.« »Aber bei uns«, sagt der Osel,

»liegen die all schräg.« Und hat tatsächlich vor meinen Augen, elf Jahre alt, vor meinen Augen den Teppich wieder schräg gelegt. Ich hab gedacht, ich hab sie nicht mehr alle! Ich krieg dann immer so 'n Kribbeln in den Fingern. Und beinahe hätte ich sogar geflötet. Und als ich mir da gar keinen Ausweg mehr wußte, habe ich dann einfach gesagt: »Vielleicht ist das gar kein richtiger Perser, wenn der so schräg liegt.« Da hätten Sie was erleben können. Die Lisbeth gleich aus dem Sessel hoch und hat gesagt, das wäre ein echter Buchara mit Zertifikation. »Ja, mag ja sein, mag ja alles sein, Lisbeth, aber die echten Perser liegen alle grade«, sage ich. »Und auch die Wandteppiche – oder hast du schon mal einen schrägen Wandteppich gesehen? Na sisste, na sisste.« Und beim letzten »Na sisste« hat allerdings meine Frau gesagt: »Lisbeth, es hat wohl heute keinen Zweck, mit dem kann man ja wieder mal nicht reden. Ich komme morgen früh noch mal allein vorbei.« »Ja, das ist auch wohl besser so«, hab ich gesagt. Und dann sind wir unverrichteter Dinge gegangen. Muranovase, so 'ne Quatsch. Ich bin dann ja nachmittags noch mal bei denen vorbeigegangen, und hab heimlich ins Wohnzimmer geguckt. Da lag der Teppich grade!

# *Bankräuber*

Ich habe ja immer eine Vorliebe für das Wort, für die Frage: »Wie bitte?« gehabt. Warum, weiß ich auch nicht so genau. Jedenfalls, wenn man »wie bitte?« sagt, muß der andere doch dann seine Frage wiederholen, oder das, was er gesagt hat, nochmal sagen. Und ich hab ja auch ’ne große Vorliebe für Wiederholungen. Manchmal sag ich ja auch, auch wenn ich genau verstanden hab, was der andere gesagt hat, »wie bitte?«, um Zeit zu gewinnen, für ’ne gute Antwort, für ’ne Ausrede, oder einfach, weil ich die Frage gerne nochmal hören würde, oder auch, um mein Gegenüber zu verunsichern. Denn niemand, das können Sie mir glauben, und da können Sie mir sagen, was Sie wollen, niemand fragt gern zweimal. Und ganz besonders nicht Bankräuber. Da muß das ja ganz schnell und ganz unauffällig gehen. Ich meine, ich hab das noch nie gemacht, aber ich stelle mir das so vor: Schnell und unauffällig, und auch, wenn keine Schlange am Schalter hinter mir steht. Also, da geht es schon um Bruchteile von Sekunden, und dann noch die Aufregung. So 'n Bankräuber macht das ja auch nicht alle fünf Minuten, und er kann das ja auch nicht üben. Sagen wir mal, vorher bei einer anderen Bank. Und wenn man das zum ersten Mal macht, kann ich mir schon vorstellen, und wenn er noch jung ist, daß dem dann der Hintern mit Grundeis geht, da muß der Kassierer oder die Kassiererin schon hellhörig sein, oder auch nicht!

Da hat neulich, ich weiß gar nicht mehr wo, ein Bankräuber mit der Pistole, vielleicht war es auch nur ein Stück Holz mit einem Tuch drüber, zu einer halbtauben Kassiererin gesagt, als die Luft rein war: »Dies ist ein Überfall!« Und die Kassiererin antwortete: »Wie bitte? Können Sie das noch einmal sagen?« Darauf sagte der Bankräuber wieder: »Ich sagte: Dies ist ein Überfall!« Darauf sagte die Kassiererin: »Lauter bitte, lauter, ich verstehe absolut nichts!« Also, ich möchte nicht in der Haut des Bankräubers gesteckt haben. Aber was blieb ihm anderes übrig, er wiederholte seinen Satz zum dritten Mal: »Dies ist ein Überfall! Zum Donnerwetter!« Und erst, als die Kassiererin ihn auch beim dritten Mal nicht verstanden hatte, gab der Bankräuber auf und ging seiner Wege. Tja, so kann's gehen. Wer hätte das gedacht. Da nützen manchmal die schärfsten Alarmsirenen nichts. Da werden die dicksten Tresore geknackt, und die tollsten unterirdischen Gänge gebuddelt, das kann man ja immer wieder im Fernsehen zwischen der Werbung bewundern, und es klappt. Die Gangster kommen zumindest heil aus der Bank, wie's dann weitergeht, geht keinen was an. Aber da kommt so eine kleine halbtaube Bankangestellte daher und sagt einfach: »Wie bitte? Ich verstehe Sie nicht!« Und das dreimal. Und der Gangster gibt völlig fassungslos auf. Ob se den dann gefaßt haben, weiß ich gar nicht. Aber der war ja eigentlich schon bestraft genug und hat wahrscheinlich zu Hause von seiner Familie noch Haue gekriegt. Na gut, beim nächsten Mal wird eben der Bruder geschickt.

## *Die Schlange*

Früher, als ich, früher war das noch viel schlimmer, als ich anfing – Komiker zu werden, vor über vierzig Jahren, um Gottes Willen. Aber in der letzten Zeit habe ich die Dinge wieder mehr im Griff. Also wenn ich früher in einer Schlange stand, Bundesbahn oder Post oder überhaupt einkaufen, da stand ich meistens immer ganz hinten, ganz merkwürdig, ich stand immer ganz hinten. Ja, ich weiß es nicht, ich kann es nicht, im nachhinein kann ich es nicht mehr erklären. Also, es gab keine Schlange, wo ich vorne stand, ich war zwar nie der Letzte, aber immer der Vorletzte, immer der Vorletzte. Ja, entweder waren die anderen früher aufgestanden oder hatten schneller gefrühstückt, waren schneller gelaufen oder wohnten einfach günstiger. Ja, Sie müssen, wenn Sie heute abend nach Hause kommen, müssen Sie sich mal fragen, ob Sie günstig wohnen. Das ist ganz wichtig, das macht am Ende Ihres Lebens etwa drei bis vier Jahre aus. Ja, lachen Sie jetzt nicht! Sie merken das jetzt noch nicht, Sie leben einfach so in den Tag hinein, ich wohne zur Zeit ganz günstig, aber ich hab lange Zeit auch ganz ungünstig gewohnt. Ich weiß noch nicht, wieviel Jahre es für mich werden, ich werde es ja sehen, nicht wahr. Jedenfalls, ich hatte sie damals alle vor mir, die Glücklichen in der Schlange, da hab ich immer gesagt: »Macht nix, macht nix! Du bist eben der Klon!« Ich meine, richtig heißt es ja Clown, das weiß ich schon, aber Klon klingt kränklicher, blasser, ärmlicher, rheinischer, zirzensischer. »Macht nix«, hab ich dann immer gesagt, »der liebe Gott hat dich jetzt in diese Schlange gestellt, mach was draus, mach was draus.« Ja, und das ging dann bei mir so weit, daß ich gar nicht mehr vorne stehen wollte. Das wär mir zu gesund vorgekommen. Ich hätte auch nichts draus machen können, unter uns gesagt, ich meine, poetisch, ja, poetisch, die Poeten haben dann immer so wunderbare, tröstende Bilder zur Hand. Die sagen einem sofort: »Aus dem Verlieren eine Musik machen«, und so was, nicht. Früher. Heute stehe ich schon mal 'n bißchen früher auf, gehe schon mal schneller auf die Post, gucke gleich, welcher Schalter der günstigste ist. Und wenn ich in so 'n Reisezentrum komme, gucke ich gleich das ganze Panorama ab, also wieviel, also die eine Schlange hat 15 Personen, die andere drei, aber ich meine, die mit drei geht viel langsamer als die mit 15, weil der eine will nach Australien, der andere will nur um die Ecke, nicht wahr. Da muß man sich die Leute hinterm Schalter ansehen, der arbeitet schnell, der arbeitet langsam. Das muß man alles sofort auf einen Blick, wenn man durch die Tür kommt, sehen. Da muß man sofort von links nach rechts – in einem Blick – die ganzen Schalter, das ganze Schalterpanorama sehen und stellt sich dann doch meistens in die falsche Schlange. Ich meine, ich kann Ihnen einen guten Tip geben – nie die Schlange wechseln, nie. Also, um's mal mit einem uralten, etwas derben deutschen Spruch zu belegen, Sie kommen vom Regen, unter Umgehung der Traufe – direkt in die Scheiße! Das machen wir doch beim Stau auch immer, Autobahn, nicht wahr, ach, da fahr ich grad mal über die sechs Dörfer, weiß aber gar nicht, daß das zweite Dorf längst abgetragen worden ist. Da ist jetzt eine Riesenkiesgrube, da war mal, was weiß ich, da war mal Assmannsburg oder wie das hieß, nicht wahr. Niederassmannsburg war da mal, nicht wahr. Da ist jetzt nur noch eine Kiesgrube, da stecken schon 50.000 Autos drin, und von den Fahrern ist keiner mehr gesehen worden. Darüber gibt es auch ein Märchen von Hans

Christian Andersen: Die Kiesgrube. Nein, nein, nein – nie die Schlange wechseln, es hat keinen Sinn! Ich versuche, mich einfach heute mehr zu behaupten als früher. Neulich habe ich grade wieder für mich und meine Frau Gulasch, Bohnen und Tomaten eingekauft. Sie hatte gesagt: »Geh mal los – da ist ein freier Gemüsestand.« Ich weiß gar nicht, was das heißt »Freier Gemüsestand«. Das ist auch so was. Open Air Gemüsestand. Ich weiß nur, was ein freier, fester Mitarbeiter ist. Das ist ein Beruf ohne Urlaubsgeld. Aber ich hab den Gemüsestand gefunden. Der war wirklich sehr gut, muß ich sagen. Also infolgedessen auch jede Menge Frauen davor und drumrum. Und die Reihenfolge war überhaupt gar nicht mehr auszumachen, so daß jetzt

jeder von der Willkür des Verkäufers abhing, und alles guckte auch den Verkäufer suggestiv an, Sie kennen das ja sicherlich. Hallo, ich, hallo, hier, nicht wahr. Ich steh schon drei Nächte, hab zwei Klappstühle mitgebracht. Sie kennen das ja. Darf ich Ihnen meinen Urenkel vorstellen? Und auf einmal sprach er mich tatsächlich an. Ich war ganz überrascht, ich hatte mich schon auf zwei Tage mit Schlafsack eingerichtet. Und ich wollte grade sagen: »Drei Pfund Tomaten«, da zischte neben mir eine junge Frau los: »Ich glaub, ich war jetzt dran.« Da hab ich sofort wieder die Flossen hängen lassen. Und ganz, ganz untertrieben zu dem Verkäufer gesagt: »Ist ok, ist ok. Macht nichts, Sie haben das alles hier bestens im Griff.« Worauf die junge Frau, die ich gar nicht damit gemeint hatte, sofort schrie: »Ja, ich hab alles im Griff!« Was wollen Sie da machen, was wollen Sie da machen? Da wird mir immer so leer im Bauch! Hach, denke ich dann manchmal, Vorletzter in der Schlange sein, dazu noch 'n paarmal übersehen werden, war ja auch nicht schlecht damals. In der Kneipe, in der Kneipe manchmal ganz genauso. Da sitze ich ungelogen 25 Minuten, 25 Minuten – ich gucke immer extra auf die Uhr – und der Ober rast ewig an mir vorbei, ewig an mir vorbei. Früher. Heute gehe ich nach zehn Minuten. Tja, so ändern sich die Zeiten!

# *Ich war beim Friseur*

Also, die meisten von Ihnen haben ja noch volles Haar, beneidenswert. Oder gar keine Haare mehr, noch beneidenswerter. Ich habe mehr so ’n Mittelding. Teilweise gar nix mehr und teilweise noch ganz schön. Und zwar so, daß, wenn man das verteilen könnte, immer noch ganz schön was zusammenkäme. Zwar ein bißchen dünner, aber immerhin überall. Mit den Zähnen ist das ja fast ähnlich, obwohl man da nix mehr verteilen kann. Am besten, sag ich ja immer: Alles raus, hasse keine Last mehr damit. Aber mit den Haaren ist ja folgendes los, auch wenn es nur noch ganz wenige sind. Die Haare findet man ja noch nach drei Jahren wieder. Also, wenn ich zum Friseur geh, oder besser gesagt, wenn ich beim Friseur war, das merkt man noch nach zwei Wochen oder sogar noch nach drei Monaten. Gucken Se mal, ich hab ja diesen kurzen Bart, und dann noch weiß, und der Haarkranz auch.

»Ich brauch gar keinen Lorbeerkranz«, sag ich immer, »ich hab ja meinen Haarkranz. Kleiner Scherz.« Aber es geht um folgendes: Wenn ich mir also den Haarkranz und den weißen Bart schneiden laß, ich trag ja mein Haar heutzutage ziemlich kurz, früher hab ich ja die Haare ziemlich unziemlich, eine Zeitlang bis auf die Schultern getragen. Aber seit einiger Zeit schön propper und adrett, also kurz. Also erst gewaschen, mit dem Kopf rückwärts in das Becken, aber da schlaf ich meistens schon. Aber, wenn dann die Haare alle ordnungsgemäß geschnitten sind, hinten immer noch mit langem Übergang, da leg ich Wert drauf, langer Übergang. Und wenn dann alles geschnitten ist, dann bin ich, trotz diverser Tücher und Umhänge, total übersät von all den kleinen weißen Haarspitzen. Sie können sich das nicht vorstellen, und wir nehmen uns so in acht, der Schnitter und ich, nix. Überall diese weißen Widerhaken, denn die sind ja sowas von widerborstig, meine kleinen weißen Haarspitzen, besonders die vom Bart. Und überall bin ich am Zumpeln und am Zupfen. Ich meine, ich bin ja auch sonst immer dabei, alle Plusen und Flusen überall wegzumachen, auch bei wildfremden Menschen. Da geh ich oft einfach drauf zu und sag: »Erlauben Sie, ich muß Ihnen das Haar da wegnehmen, das stört mich schon die ganze Zeit, nee.«

Ich bin ein Plusen- und Plüschen-Sammler, deshalb heiß ich ja auch bei meiner Frau Plautzius Plusius, erstens weil ich 'ne Plautze hab und zweitens wegen der Plusen. Ja, und die kleinen Haarspitzen, die gehen dann monatelang nicht weg, nicht raus, sitzen überall fest. Da kann man bürsten und schrubben und machen und tun, nix. Auf 'm Pullover, auf 'm Schal, im Hemd, sogar in 'ne Unterbux, in den Strümpfen. Dat is wie nach so 'nem Karnevalsball, da find man ja das Konfetti auch noch nach zwei Jahren in der Ringelsocke und sagt sich dann ganz lyrisch: »Weißte noch weißte noch.« Aber von meinen Haaren, da möcht ich dann wirklich nix mehr von wissen!

## *Der lange Pullover*

Haben Sie auch manchmal die schreckliche Angewohnheit, in Gedanken, die deutsche Sprache ist ja eine Wahnsinnssprache, ist eine wunderschöne Sprache und außerdem sehr präzise, hab ich festgestellt. Also, man sagt doch öfters z. B., man wirft ja manchmal zwei Sachen in einen Topf – wie »in Gedanken« und »gedankenlos«, obwohl das zwei ganz verschiedene Dinge sind, wie »scheinbar« und »anscheinend«. Also, haben Sie manchmal auch die schreckliche Angewohnheit »in Gedanken« Ihren Pullover bis zu den Knien herunterzuziehen? Aber ich! Und wenn ich dann meinen Blouson über den Pullover ziehe, guckt natürlich der Pullover aus dem Blouson raus. Ich hab ja zwei Blousons jetzt, ich weiß nicht, ob Sie's gelesen haben, zwei Blousons! Einen für den Winter und einen für den Sommer, ist ganz praktisch. Wenn ich den dickeren anziehe, weiß ich immer, jetzt ist Winter.

Wir sind doch mit den Jahreszeiten alle völlig durcheinander, wir wissen doch gar nicht, was los ist. Neulich hatten wir den vorgezogenen Frühling, jetzt haben wir den nachgezogenen Winter, jetzt scheint schon wieder der vorgezogene Frühling, es ist doch, man weiß doch gar nicht, früher hatten wir doch wenigstens eine genaue Einteilung, heute weiß man doch nichts. Im Herbst ist Sommer, im Sommer ist Winter, es ist doch

alles durcheinander. Und deswegen ist das so praktisch, und überall gucken bei mir aus den Blousons die Pullover unten raus, weil ich die Pullover – wie gesagt – immer so lang runterziehe. Und denn sagt meine Frau jedesmal: »Das geht aber nicht, wie sieht denn das aus?!« Dann sag ich: »Weiß ich doch nicht, ich kann mich doch hinten nicht sehen.« Und dann sagt sie immer: »Das sieht ja schrecklich aus, das fällt ja alles auf mich zurück«, sagt sie denn immer. Ich weiß gar nicht, was das heißen soll, aber das sagen die Frauen ja schon seit 2000 Jahren. Ich stelle mir dann immer so 'ne junge, schlanke Frau vor, da kommt eine Riesengiebelhäuserwand auf sie zu mit Mörtel und Steinen und was nicht alles, und wenn sie sich am Schluß den Staub von der Kittelschürze abgeputzt hat, sagt sie: »Ist alles auf mich zurückgefallen!« Anders kann ich mir das nicht erklären. »Ja«, sage ich, »da muß entweder der Blouson länger oder der Pullover kürzer gemacht werden.« »Du bist ja verrückt«, das sagt meine Frau des öfteren zu mir, fällt mir gerade auf. Ich hoffe nur, sie weiß nicht, was sie damit sagt. »Du bist ja verrückt, den Pullover kürzer, den Blouson länger, Du ziehst ja den Pullover immer bis an die Knie runter.« Ja, da muß ich ihr recht geben. Wie ich schon sagte, ich ziehe alle meine Pullover immer fast bis ans Knie runter. Das sieht dann so aus wie ein Kettenhemd, wie bei den alten englischen Earls, die haben Sie doch sicher auch gekannt. Die alten englischen Earls, die haben Sie ganz bestimmt gekannt, die habe ich öfters auf 'm Markt getroffen, die alten englischen Earls. Den Earl of Huntingdon beispielsweise und den Earl of Nottingham, und den alten Earl of Strawsberry, sehr nett, sehr nett. Macbeth war ja auch 'n Earl, habe ich auch mehrmals getroffen, war 'n ganz netter Mann, ganz bescheiden, soll man gar nicht denken, ein ganz einfacher Mann. Der wär mir fast gar nicht aufgefallen, ein ganz einfacher Mann. Das war ja alles sie, sie war das ja alles. Die Käthe Macbeth, ich weiß nicht, ob Sie sie kennen. Tüchtige Frau, tüchtige Frau! Wissen Sie, wie der Macbeth ausgesehen hat, ungefähr so wie ich, ungefähr - nicht genau so, sonst sähe ich ja aus wie Macbeth, aber ungefähr so wie ich. Ich meine, in dem berühmten Stück von Shakespeare, da kommt ja dieser Wahnsinnssatz drin vor: »Ich wußte gar nicht, daß in dem alten Mann noch so viel Blut...« - erster Mörder zum zweiten Mörder. Beide lachend ab - Shakespeare! Beide lachend ab - das ist Kunst - beide lachend ab! Das hat uns doch alles der Lehrer Wolf erzählt, da mußten wir doch immer, wenn der morgens in die Schule kam, sofort aufspringen und singen: Jesu geh voran, auf der Lebensbahn - und der ist ja auch später an Schilddrüsenkrebs gestorben. Der Lehrer Wolf! Der hatte immer diesen langen, grünen Lodenmantel an. Richard III., der hat ja auch immer so 'n Kettenhemd getragen, Richard III. in der Schlacht -

weiß ich nicht mehr – in der Schlacht bei Dings, also, ist auch egal. Jedenfalls nicht bei Hastings, nicht bei Hastings. Das war 1066, das laß ich mir nicht nehmen. Ist ja schon 'ne halbe Schnapszahl, es sind ja immer die Schnapszahlen. Genau wie 333 Issus Keilerei, das wissen Sie ja noch von der Schule. Obwohl, ich behalt ja besser die Namen als die Zahlen, ich weiß nicht, wie es Ihnen geht, also Zahlen bei mir völlig aussichtslos – höchstens die Telefonnummern im engsten Familienkreis. Aber Namen, wenn's historische Namen sind, wie Susa oder Persepolis oder Ekbatana, da hat sich ja damals der große Alexander von Mackedonien überall rumgetrieben. Wahrscheinlich auch mit seinem Kettenhemd an. Wenn der heute noch leben würde – »er lebt aber nicht mehr«, ruft dann meine Frau immer aus 'm Hintergrund. Sie ruft furchtbar viel aus 'm Hintergrund. Ich sag ja nur, »wenn«, ich hab ja nur gesagt, »wenn!« Wenn der heut noch leben würde, dann würd der ganz bestimmt auch seinen Pullover bis auf die Knie runterziehen. Wie ich den kenne – Alexander von Mackedonien. Übrigens hat meine Frau gesagt: »Das heißt Mazedonien – und nicht Macke.« Ich sag Mackedonien, weil ich eine Macke habe – man sagt ja auch Macke – und nicht August Matzke, mein Lieblingsmaler. August Macke – ist mein Lieblingsmaler, auch

Rheinländer. Der malt immer so wunderschöne Frauen so mit großen Hüten, die stehen alle auf der Promenade, gucken immer auf den Rhein, wunderbare Bilder! Früher war ja Lyonel Feininger mein Lieblingsmaler, ich weiß nicht, ob Sie den kennen. Lyonel Feininger hat ja den Prismaismus erfunden, Prismaismus, das ist also, wie soll ich sagen, wir hatten doch früher so Klippsteine, da konnte man so durchgucken, und alles war so gebrochen, so Tausendgucker nannten wir die. In der Volkshochschule würde man von einem kubistischen Futurismus sprechen. Oder von einem futuristischen Kubismus. Sie wissen das ja, es gibt da so Kurse. Wir lernen Finnisch beim Malen, oder wir lernen Malen beim Finnisch, oder so. Klammer auf – bitte eine Wolldecke mitbringen – Klammer zu! Wenn möglich Naturfaser! Freitags bringen sie alle eine vegetarische Einlage als Umlage mit oder eine Umlage als Einlage, das weiß ich nicht so genau. Ich hab nur jetzt festgestellt, daß wir Niederrheiner, ich schweif jetzt sowieso ab, kann ich auch noch 'n bißchen mehr abschweifen, daß wir Niederrheiner – ich bin ja Niederrheiner, das wissen Sie ja, daß wir auch, weil wir oft nix wissen, wir wissen ja meistens nix, daß wir dann auch als Schutzmittel »nehme ich mal an« sagen, »das nehme ich stark an«, sagen. Wir haben keine Ahnung, was da besprochen wird, sagen aber: »Ist anzunehmen, ist anzunehmen«, wissen aber gar nichts. Oder wir sagen auch oft »Ja, sicher«, obwohl der andere noch gar nicht seinen Satz zu Ende gesprochen hat. Sagen wir schon in der Mitte des Satzes »Ja, sicher«, obwohl wir noch gar nicht wissen, was der andere eigentlich noch alles sagen will. Also, wenn einer sagt »Alexander von Mackedonien hatte in der Schlacht« – sagen wir gleich »Ja, sicher«, obwohl jetzt erst noch kommt »in der Schlacht von Ekbatana kein Kettenhemd an.« Ich meine, ich weiß es nicht genau, ich nehm das stark an. Weil er doch so 'n Draufgänger gewesen sein soll und noch so jung. Ja sicher, warum auch nicht. Und brauchte seinen Blouson nicht über das Kettenhemd zu ziehen. Das sind ja so Augenblicke, wo meine Frau wirklich nichts mehr sagt, sondern stumm aus dem Raum geht. Also nicht still aus dem Zimmer, das ist ein ganz großer Unterschied, sie geht stumm aus dem Raum! Und das heißt, ich hab mir das so eingeteilt, stumm aus dem Raum – das ist sophokleisch, und still aus dem Zimmer – das ist Biedermeier. Sie geht stumm aus dem Raum, bis ich mich wieder beruhigt hab. Denn, wenn ich einmal assoziativ in Fahrt bin, hält mich kein Mensch mehr auf.

## *Von einer Jacke in die andere*

Also ich hätte ja neulich beinahe wieder mal mein Portemonnaie, also nicht nur mein Portemonnaie, sondern auch alles, was da so drin drin ist: Personalausweis, Seniorenpaß für die Deutsche Bahn AG, Briefmarken usw. hätte ich beinahe verloren. Und zwar, ich greife in meine Jackentasche, in meine rechte innere Jackentasche, da hab ich immer mein Portemonnaie. Bei mir hat ja alles immer seinen Platz. Ich greife also in die rechte innere Jackentasche und greife ins Leere. Kennen Sie diesen Moment, diesen absolut tödlichen Augenblick, wenn man so ins Leere greift, wo sonst immer schon seit Jahrzehnten Ihr Portemonnaie gesteckt hat? Ich meine, manche nehmen ja auch extra kein Portemonnaie mit, dann können sie auch nichts ausgeben bzw. sie lassen sich dann einladen. Meistens Millionäre, die können Sie daran erkennen. Deren Jacken sind immer ganz flach und schmal, da zeichnet sich nix ab. Nicht so wie bei den Detektiven, da sieht man ja unter der Jacke meist das Pistolenhalfter, das wissen Sie ja sicher auch von den Krimis. Und bei mir auch, da ist die Jacke regelrecht gewölbt, so daß ich oft den Mantel nicht zukriegen kann, weil eben das Portemonnaie in der rechten inneren Jackentasche steckt oder steckte.

Denn neulich hatte ich tatsächlich wieder mal so einen absolut tödlichen Moment, wo man so ins Leere greift, meistens montags morgens. Und zwar, dann wechselt man doch meistens die Jacke und muß natürlich den ganz dringenden Utensilienkram von einer Jacke in die andere tun. Also das macht mich oft wahnsinnig, obwohl, wie gesagt, alles bei mir seinen Platz hat. Oder oft geht man abends noch mal aus und wirft sich rasch, das Wort »wirft« stimmt übrigens haargenau, wirft sich rasch in eine andere feinere Jacke. Schnell, schnell, schnell, weil meine Gute schon sagt: »Jetzt bin ich wieder mal eher fertig.« Also schnell in die andere feinere Jacke. Ich hab so eine, die hab ich mal in Graz gekauft, aber das interessiert sicher keinen. Also gut: Wir gehen also los in ein sogenanntes Nobel-Restaurant, wo keine Speisekarte aufliegt, sondern der Chef höchstpersönlich alle Speisen auswendig am Tisch heruntersingt.

Und beim Bezahlen dann später greif ich in meine rechte innere Jackentasche... da! Ach ist das peinlich. Und alles wegen der anderen Jacke. Und der Schlüsselbund fehlt auch. Und mein Notizbuch, und meine Tabletten, und mein Brillenreinigungstuch, ach ist das ärgerlich.

Und deshalb ziehe ich am liebsten wochenlang immer ein und dieselbe Jacke an. Da weiß ich wenigstens, wo ich dran bin. Bis meine Frau mich so komisch anguckt, dann zieh ich natürlich die Jacke sofort aus, sofort. Und die Geschichte fängt von vorne an.

# *Kein Liebeslied*

Ich nehme ja an, Sie kennen mich schon ein bißchen von früher. Ich bin ja Komiker, d. h. ich wollte ja eigentlich ganz, ganz früher zur Oper, ich weiß nicht, ob Sie das damals mitgekriegt haben. Aber wie das Schicksal so mit einem umgeht, Sie kennen das Schicksal ja auch, das geht ja immer mit einem um, bin ich dann doch im Laufe der Jahre Komiker geworden. Letztendlich wahrscheinlich, weil meine Mutter wollte, daß ich Arzt werden sollte, also Chirurg. Weil ich ja diese Pianisten-Flossen habe. Ich hab aber nicht genug geübt, also nicht als Chirurg, sonderen in der Klavierstunde als Höherer Sohn, sonst wäre ich heute so was wie der Sauerbruch damals: Ein richtiger Arzt, und könnte abends meiner Frau was von Chopin vorspielen. Ich weiß nicht, ob Sie das wissen, die meisten Ärzte spielen abends ihren Gefährtinnen was von Chopin vor. Das ist gar kein Geheimnis, das können

Sie ruhig weitersagen, das ist allgemein bekannt, Sie können mal Ihren Hausarzt fragen, die meisten Ärzte spielen abends ihren Gefährtinnen was von Chopin vor. Manche sagen auch Schoppeng, das ist aber derselbe, das kann ich Ihnen garantieren. Natürlich gibt's Ausnahmen, aber die meisten Ärzte spielen tatsächlich abends ihren Gefährtinnen was von Chopin vor, der ja auch so unglückselig gestorben ist, ich meine, die meisten Romatiker sterben ja unglückselig, bis dort hinaus. Das ist keine Krankheit – das sagt man so: Bis dort hinaus. Das hab ich als Komiker rausgekriegt, als Chirurg wäre ich vielleicht gar nicht darauf gekommen. Vielleicht noch als Opernregisseur, aber als Komiker kommt man auf die meisten Sachen, die einem im Leben und Sterben so passieren können. Müssen Sie mal drauf achten! Ach, Sie sind ja noch kein Komiker. Vielleicht werden Sie noch einer, das ging bei mir auch nicht von heute auf morgen. Da habe ich über 40 Jahre zu gebraucht. Aber ich bin gar nicht unglücklich deswegen, muß ich Ihnen sagen. Nur eins ist mir aufgefallen, muß ich Ihnen rasch erzählen, ich kann kein Liebeslied singen, da lachen die Leute immer! Also wenn ich ganz ernsthaft ein Liebeslied singe, fangen immer alle an zu lachen, obwohl ich überhaupt kein Gesicht verzieh. Ich mach gar nichts, ich schneide keine Grimasse, gar nichts. Aber die Leute trauen mir das nicht zu. Wenn ich dann aber ein Friedenslied singe, sind sie alle ganz betroffen und nachdenklich, und die Mundwinkel gehen sofort runter, aber wenn ich ein Liebeslied singe, fangen alle an zu lachen. Da könnt ich richtig wütend werden. Wirklich wahr, da könnt ich richtig, also wenn ich vielleicht ein Chirurg wär, und dann ein Liebeslied sänge, man beachte übrigens den Konjunktiv »sänge«. Ja, früher habe ich immer »singen würde« gesagt, das ist ganz schlechtes Deutsch, das heißt »sänge« mit »ä« – ein Liebeslied sänge – mit »ä«, nicht wahr, dann wär ich vielleicht besser dran. Also, wenn ich ein Liebeslied singe, muß ich immer alles furchtbar übertreiben, dann glauben mir das die Leute das ein bißchen. Aber wenn ich ein Friedenslied singe, brauche ich gar nichts zu übertreiben, dann sind sie alle sofort nachdenklich, besinnlich, senken immer den Kopf auf die Brust wie früher die Pferde beim Reit- und Springturnier. Ja, ja, jetzt weiß man ja auch warum, es ist ja alles rausgekommen, bei dieser ganzen Schweinerei. Die Tiere, die hatten keine Lust, die armen Dinger, nicht wahr. Aber wenn ich dann singe »Ich bin ein leichter Vogel und fliege durch die Nacht«, sind immer alle ganz erstaunt, obwohl noch gar nichts passiert ist. Das sind ja nur zwei Zeilen, aber wenn ich dann wiederhole »und fliege durch die Nacht«, dann lachen sie wieder alle. So, als wollten sie sagen, der und durch die Nacht fliegen, der soll nach Hause gehen und Friedenslieder singen. Ja, und wenn ich dann noch singe »Und alle meine Flügel, – die hatten mein Lied gemacht«, sind sie alle wieder ganz erstaunt, und wenn ich dann wiederhole »mein Lied gemaaacht«, dann lachen sie alle wieder. Ich will das nicht! Ich will, daß die Leute todernst sind, todernst oder wenigstens richtig gerührt, oder wie heißt das Wort, bestürzt, das ist mein Lieblingswort, bestürzt, nicht wahr, oder bewegt, erschüttert, erschüttert, all diese schönen Worte mit »ü«. Gerührt, bestürzt, erschüttert! Aber sie lachen sich kaputt, sie lachen sich kaputt. Sie trauen es mir nicht zu. Ein Friedenslied schon – aber kein Liebeslied. Das will von mir niemand hören. Und zwar, ich vermute ja folgendes, wenn man als Komiker niemanden hat, und eigentlich ja auch niemanden haben darf, das ist ein ungeschriebenes Gesetz, – sonst ist man kein richtiger Komiker, entweder – oder, man kann eben nicht alles haben im Leben, ja oder nein. Das kennen Sie ja, das ist ja gar nix Neues, das kennen Sie ja auch, also man kann nicht alles haben im Leben. Ja oder Nein, entweder oder. Sagt Oberschwester Lene ja auch immer.

Nein, sie sagt immer, wenn man 's weiß, ist es ja gut, sagt sie immer, also nicht im Zimmer, sondern auf 'm Flur, sonst ist man ja kein Komiker. Einem Arzt wird sofort alles geglaubt, alles, nicht wahr, wenn der 'n Liebeslied sänge, einem Opernregisseur auch. Aber die dürfen ja auch jemanden haben, nur 'n Komiker nicht. Ja oder Nein, entweder oder, man kann nicht alles haben! Das kennen Sie doch sicher auch, man kann nicht alles haben im Leben, ja oder nein, entweder oder.

# *Die Forelle*

Ich möchte Ihnen gerne noch von einer Vorstellung berichten, nicht von einem Auftritt, sondern von einer Sache, die ich mir schon sehr sehr lange immer mal wieder zwischendurch vorstelle. Sie wahrscheinlich auch, könnte ich mir durchaus denken. Und zwar – ich stelle mir von Zeit zu Zeit immer wieder vor – ich läg in einem großen Bassin. Lebend frisch! Und warte jetzt darauf, daß jemand beim Mittag- oder Abendessen mit so 'nem ganz, ganz großen Netz kommt, mich aus dem Bassin herausfischt, und dann hör ich immer jemand sagen: »Die Forelle kommt an Tisch sieben.« Nun werden Sie vielleicht sagen, jetzt esse ich schon kein Fleisch mehr, jetzt will der einem auch noch den Fisch madig machen. Nee, will ich gar nicht, haben schon andere gemacht. Nein, es ist, es geht auch gar nicht um mich, es geht auch gar nicht um mich dabei, es geht nur um dies spezielle Gefühl, daß Sie sicher alle kennen, vermute ich doch sehr heftig. Denn, immer wenn ich unterwegs bin, dann muß ich, wie heißt es so schön, »draußen essen«, da muß ich manchmal sehr improvisieren, bei den Wirtschaften und Restaurants, die da am Wege liegen. Da sitze ich dann, studiere die Speisekarte, und dann komme ich immer unweigerlich an die Stelle, wo geschrieben steht: »Aus unserem Bassin – lebend frisch«, oder manchmal steht auch da: »Aus unserem Bassin – fangfrisch«. Und, manchmal sieht man ja auch noch das Bassin, wie die sich da drin rumtummeln, fisch, fromm, fröhlich, frei usw.

Und dann denke ich immer: Eine von denen ist gleich dran. Nee, sage ich mir dann, also die Forelle möchtse heut mal nicht auf deinem Gewissen haben, obwohl, denke ich mir sofort hinterher, wenn ich die Forelle nicht esse – dann ißt se der nächste. Ist doch völlig Wurscht. Mit Wurscht und Fleisch ist es ja ähnlich, wissen Sie ja, nicht wahr. Dann sehe ich mir das Bassin an – alles lebend frisch – und sage, ne komm, kannst ja auch 'ne Salatplatte essen oder 'ne Gemüsegarnitur, ist ja auch leichte Kost. Und da ist ja auch schon alles nicht mehr am leben. Aber, sage ich mir dann wieder andererseits, so 'ne Forelle hat ja eigentlich – soviel ich weiß – kein Bewußtsein, und sicherlich auch kein gesellschaftliches Sein. Kannste vielleicht ruhig mal eine essen. Eine! Ja vielleicht aus philosophischen Gründen, der Kampf mit der Forelle.

Der alte Mann und das Meer, haben Sie ja sicherlich gelesen. Oder sehen Sie mal, beim Stierkampf ist das ja ähnlich, da geht 's auch immer um Leben und Tod, nicht um den Stier. Was meinen Sie, warum die Brüder damals alle dahin gefahren sind. Der Picasso und der Cocteau und der Hemingway usw., nur wegen de Philosophie. Nicht wegen dem Stier, ne, ne. Der Stier war nur das Versuchskarnickel, ich mein, 'n bißchen größer war er schon. Nun bin ich ja kein Stierkämpfer von Hause aus, ich bin ja nur ein kleiner Forellenliebhaber. So 'ne Forelle, das muß man ja zugeben, kommt einem ja auch nicht so nah wie so 'n Stier, wenn es darauf ankommt, letzten Endes. Sagen wir mal – nicht ganz so nah. Aber trotzdem, wenn sie dann so schön dekoriert auf meinem Teller liegt, wenn ich am Tisch sitze, da hab ich auch so 'n philosophisches Gefühl, muß ich schon sagen. Oder wollen mal so sagen, das habe ich bei 'nem Salatteller nicht. Ja, der Salat kann einen ja auch nicht angucken. Die Forelle schon – und wie! Hohoho. Wenn man dann am Tisch sitzt und vielleicht »Verzeihung« sagt, oder sagen wir mal, »verzeihen Sie vielmals«, zu der Forelle, »verzeihen Sie vielmals« und

sich noch so ’n Stückchen mit der Forelle unterhält, dann ist das die Metaphysik. Insofern hat die Forelle schon einen höheren Sinn für mich, und ich könnte ja auch ruhig mal eine essen, aus philosophischen Gründen, wie gesagt. Aber dann sehe ich wieder das Bassin, und dann denke ich sofort wieder an so französische Justizfilme von früher – wie hieß der eine berühmte – haben Sie auch bestimmt gesehen – Schwurgericht, wo die am Schluß immer so den Kragen abgeschnitten kriegen, kurz vor der Hinrichtung. Den Kragen, das Oberteil vom Kragen. Wahrscheinlich, damit das Fallbeil besser durch den Hals geht. Ja, damit sich das nicht verheddert. Das ist ja wie bei de Weltrekordschwimmer, die lassen sich ja, wenn sie Weltrekord schwimmen, vorher den Schädel rasieren, damit sie schneller oder besser durch die Wellen kommen. Ist im Prinzip das Gleiche, wenn man die Dinge zu Ende denkt, nicht. Die meisten Dinge sind dann im Prinzip gleich, kurz vor der Hinrichtung. Und dann, in dem Bassin – kein Pfarrer weit und breit, ne, ne sage ich! Ne, ne, sage ich mir dann, das kannst du nicht, sowas kannst du dir nicht mehr leisten, und wohl dem, sage ich dann immer, dem nix mehr dabei einfällt.

## *Blumensträuße*

Also manchmal, wenn es so um Kleinigkeiten geht, da weiß man oft gar nicht mehr, wo man dran ist. Also ich geb ja gern zu, daß ich, was Benehmen betrifft, immer schon ein bißken sittenlos gewesen bin. Das haben Sie ja auch schon sicher oft genug bei mir festgestellt. Aber et wird ja auch alle fünf Minuten immer wieder alles auf den Kopf gestellt. Gucken Sie mal, das mit dem Blumen Überreichen. Wo es ja meistens immer noch heißt, »das wäre aber doch nun wirklich nicht nötig gewesen.« Und wo ich dann immer sage, »gut, daß ich das jetzt weiß, das nächste Mal bring ich dann nur das Papier mit.« Und schon geht es los:

»Ach sind die schön, die sind aber mal schön, sind die nicht schön, also wirklich, die sind schön, Gott, sind die schön.« »Sehen Sie«, sag ich, »schön sind se, aber es wäre doch nicht nötig gewesen.«

Ich suche ja die Blumen, die ich verschenke, immer höchstpersönlich selbst aus. Also meistens eine Farbe, Ton in Ton. Aber dann in allen Blumensorten, allerdings ohne Schleierkraut, da können Se mich mit jagen, mit Schleierkraut. Also die Komposition, das ist kein Problem. Aber wo ich immer mit durcheinanderkomm, das ist also bei den Blumen, ob mit Folie oder mit Papier, ich bin ja für Papier, Folie geht zurück, ja sie ist fast out. Aber wie bringt man die an den Mann, oder besser noch, an die Frau? Also ich glaub, es gab mal eine Zeit, da konnte man die Blumen ruhig eingewickelt lassen. Aber heute geht das nicht mehr, heute, hab ich gehört, muß der Strauß ausgewickelt sein, und darf, wenn man als Paar eingeladen ist, nur vom Mann an die Gastgeberin überreicht werden. Und ich dachte, man müßte das Papier drumlassen, damit es für die Hausfrau eine richtige Überraschung ist, und sie dann sagen kann: »Also, so schöne Blumen hab ich noch nie gesehen«, oder zu ihrem Mann sagt: »Alfons, so schöne Blumen hab ich von dir noch nie bekommen.« Ich meine, das muß nicht sein. Aber schön wär's ja, wenn man das Papier noch drumläßt, das ist doch dann viel stimmungsvoller, und sonst sieht man doch gleich schon alles, ist ja nicht so schön. Weil, man muß sich ja auch noch begrüßen. Und vor lauter Aufmerksamkeit gibt jeder jedem die falsche Hand. Und jeder sagt ein leises »Verzeihung«, weil, man überlegt ja dann immer, wer gibt wem zuerst die Hand. Oder auch, wer stellt wen in der richtigen Reihenfolge vor. Der ältere Herr die junge Dame der älteren Dame, oder die ältere Dame den älteren Herrn dem jungen Mann, oder über Kreuz. Oder der jüngere Herr die ältere Dame dem älteren Herrn. Es endet ja oft bei einem leicht verlegenen Entschuldigungsgelächter. Und die Arme sind schon so verflochten, daß es aussieht wie auf einer Party bei Laokoons, und man hat ja auch noch die Blumen in der Hand. Die sollen ja jetzt erst mal ausgepackt werden, und das Papier gibt man vielleicht dem älteren Herrn, der es an den jüngeren Mann mit einem Scherz weitergibt, und bitte: Keine Hand in der Tasche und keine Zigarette im Mundwinkel, das kann man später machen, wenn man das Gefühl bekommt, man kann sich ruhig danebenbenehmen. Und je lockerer und unverblümter man das tut, desto mehr kann auch der Blumenstrauß verpackt sein. Ich sage immer: »Nicht Form, sondern Spiel ist alles, und es wird überall, auch bei Blumen, nur mit Wasser gekocht.«

# *Familiengeschichte*

Zuhören ist ja das halbe Leben, ich zum Beispiel höre besonders gern in Frühstücksräumen zu, natürlich nicht mir, denn ich weiß ja, wie ich esse, sondern anderen, denn von denen weiß ich ja soviel wie nichts. Also, ich sitze, und zwei Tische weiter geht es schon los:

»Ob es vielleicht damit zusammenhängt, weil seine Mutter ihn zu sehr geärgert hat, als Kind, du meinst als Kind, ja aber auch später, sie war ja eine Persönlichkeit, aber alles hatte Angst vor ihr, nun ist er ja auch nicht so ganz ohne, das liegt aber wohl mehr an ihr, Herta, Herta hat ja nicht mal Abitur gemacht. Nicht. Nein hat sie nicht, ich dachte immer, obwohl heute wird da ja nicht mehr so nach gefragt, natürlich, eigentlich schade, aber ihre Mutter war ja eine geborene Wattenscheid, wie bitte, eine geborene Wattenscheid. Achso ja, jaja, ihr Mann war damals ein hohes Tier beim

beim Militär, wußte ich gar nicht, doch, doch, als Arzt, in Bad Meinberg, so, Herta hat kein Abitur gemacht, und er hat mir mal gesagt, es störe ihn nicht, aber es fehle ihm nur manchmal das Gespräch, achso, ja, hm, und seine Mutter, die ja eine gebildete Frau war, war sie das, ja, ich hab sie einmal erlebt, und zwar auf der Konfirmation von Hans Peter, achja, hat ihn zwar immer nur geärgert, aber sie hat mit ihm gesprochen, weißt du, im Gegensatz zu Herta, achso, jaja, schade, eigentlich sehr schade alles, möchtest du noch von der Erdbeermarmelade, nein danke, ich finde ja, daß sein Vater zu früh gestorben ist, Erhard hätte aus ihm einen anderen Mann gemacht, die Kinder sind ja entzückend, alle, ich bin eigentlich ganz froh, daß ich noch mal dagewesen bin, ich auch, warst du denn auch da, an Egons Geburtstag für ein Stündchen, die Älteste spielt jetzt schon Mozart-Sonaten, das hat sie von ihrem Großvater, der war ja ein Filou, aber ein großartiger Musiker, ich nehme heute keine Wurst, und öh, denn wir sind heute bei Emmi eingeladen, und du weißt doch, wie dick sie ist, aber sie hört ja nicht auf Albert, sie hört nur auf ihre Mutter, auch nicht einfach, weiß Gott, sie kocht so fettig, weißt du, aber sie läßt sich nichts sagen, auch von mir nicht, und Albert läßt sich ja alles gefallen, vielleicht hängt das damit zusammen, weil seine Mutter ihn zu sehr geärgert hat, ihn auch,na, wen denn sonst!«

## *Wenn ich König wäre*

Wenn ich ja König wäre, und hätte Land und Leute, Könige haben ja immer Land und Leute, das wissen wir ja alle von den schönen, alten Märchen, die wir ja als Kinder immer vorgelesen bekamen. Aus pädagogischen Gründen. Das Märchen von Schneewittchen und Rosenkohl, das ist ja die Geschichte von der vergifteten Birne, wo das Mädchen sich im Sarg übergeben muß, weil der eine Schimpanse über die Baumwurzel stolpert. Oder: Frau Holle, Ihr seid die Schönste hier, aber Aschenblödel mit den zwölf Flügeln hinter den 32 Hügeln ist tausendmal blöder als Ihr!

Das waren ja alles diese wunderbaren Dinge, die uns Kindern so viel Spaß gemacht haben. Also, wenn ich König wäre, Könige haben ja auch meist drei Söhne, meist, also ich wüßte, wenn ich mich so in meinem Bekanntenkreis umsehe, keinen, der nicht drei Söhne hätte. Der erste Sohn ist fleißig, der zweite faul und der dritte krank. Dann gibt es da oft noch eine hirnrissige Tochter, die läßt sich jeden Morgen, so gegen elf Uhr, vier todessüchtige Jungritter vorführen, die müssen alle mit so 'nem ekelhaften Drachen kämpfen, sind um Viertel nach elf schon tot, und die Prinzessin ruft so gegen zwölf jedesmal: »Blechchchch!«

Also, wenn ich König wäre und hätte Land und Leute, dann würde ich auch jeden Morgen auf den Balkon treten, Landesherren treten ja immer auf Balkone, manche sind schon abgebrochen, weil zuviel draufstanden. Da gibt's ein Stück von einem meiner Lieblingsautoren, Thomas Bernhard, und das Stück heißt: Elisabeth die Zweite. Also, die Elisabeth, die Queen, fährt unten auf der Straße vorbei, Jubel, Trubel und Spalier, und oben bricht der Balkon ab, weil zu viele draufstanden. Der Vorhang fällt. Das Stück ist zu Ende. Die Leute müssen nach Hause gehen. Das sind die Stücke, sag ich immer, die betroffen machen, die anderen erschüttern ja nur. Also, diese Theaterschlüsse lieb ich besonders. Gewöhnlich ist es doch so: Das Stück hat drei Akte. Die beiden ersten Akte dauern jeweils 45 Minuten, dann kommt die übliche Pause von 20 bis 25 Minuten, und dann geht man nochmal 40 Minuten gemütlich ins Parkett. Pusteblume! Nach zwei Minuten bricht der Balkon ab. Der Vorhang fällt, das Stück ist zu Ende, die Leute müssen nach Hause gehen, wissen gar nicht, warum sie im Theater waren. Manche irren bis zum Morgen durch die Stadt, finden gar nicht mehr nach Hause, das sind die Stücke, wie gesagt, die betroffen machen. Wunderbar.

Also, wenn ich König wäre und hätte Land und Leute, dann würde ich auch jeden Morgen auf den Bal-

kon treten, und wenn Sie dann zufällig da stünden oder vorbeiwandelten, dann würd ich Ihnen jeden Morgen ganz laut zurufen: »Geht nach Hause! Macht, was ihr wollt! Laßt mich in Ruhe!« Macht, was ihr wollt, das ist mein Lieblingssatz. So heißt ja, glaube ich, auch ein Stück von Shakespeare. Macht, was ihr wollt. So ähnlich jedenfalls, wie wir Niederrheiner sagen, wenn wir was nicht genau wissen. So ungefähr jedenfalls.

Und dann hängen wir noch ein »immerhin« dran. Und wenn uns dann der Satz noch zu kurz vorkommt, sagen wir noch: Naja. So ähnlich jedenfalls, immerhin, naja.

Ich hab jetzt übrigens das Alter erreicht, wo ich über Dinge lache, die gar keine Pointe mehr haben. Das ist schön, sag ich Ihnen, das ist schön. Sonst lauert man doch immer, besonders, im Kabarett lauert man doch auf die Pointe. Ich lach jetzt überall. Ich war neulich in einer ganz tollen Kneipe. Eigentlich ganz simpel, aber das Essen war ganz toll. Das hat man ja jetzt öfter. Wir haben auf Apfelsinenkisten gesessen, aber das Essen war einmalig. Die lassen ja auch nicht jeden rein. Das läuft alles nur über Mundpropaganda. Die wollen das gar nicht. Man kommt auch nur mit Klopfzeichen rein. Und der Wirt führt dann immer noch die Ziege live durch die Gaststube. Auf der Ziege kann man dann, mit Lippenstift oder so, einzeichnen, was man für ein Stück haben will. Die Ziege sieht dann später so aus wie die Landkarte von den Vereinigten Staaten. Und da saß ich da an so 'nem ganz simplen Tisch. Da war so eine rot-weiß oder blau-weiß karierte Decke drauf, also so rustikal. Und in der Decke waren furchtbar viele Löcher drin, warum, weiß ich auch nicht, vielleicht waren aber die Löcher auch schon vorher drin, und der Wirt hat dann erst die Decke blau-weiß oder rot-weiß eingefärbt. Stilstich oder was das sein soll. Ich muß ihn mal fragen. Und auf dem Tisch stand so 'n Reklamekärtchen, wie so 'n Dach, so einmal geknickt, und da stand einfach nur drauf, ohne Preisangabe: Hühnerbrust Malaysia. Ich fing sofort an zu lachen. Ich wußte gar nicht warum: Hühnerbrust Malaysia. Ein paar Tage später seh ich auf der Straße einen Herrn. Der trug ein T-Shirt, und da stand vorne ganz groß drauf: Malaysia. Und da wußte ich also, da hatte ich also die Pointe wieder mal vorweggenommen. Aber was auf so T-Shirts alles draufsteht, also da gibt's ja Universitäten, die gibt's gar nicht. Nur, damit die Leute es lesen. Und was heute so alles geredet wird, und behauptet und bewiesen und erklärt und begründet wird. Wer hat noch 'ne Leiche im Keller undsoweiter. Was war denn bei Ihnen heute, wenn ich fragen darf, irgendwas ist doch immer, bei mir doch auch. Was weiß ich, Geburtstag, Berufsjubiläum, Konfirmation, Tagesrest, Ernst des Lebens undsoweiter, desolat und obsolet, das sind zwei Fremdwörter. Desolat weiß ich schon, aber obsolet, also, das könnte ein Centurio bei Asterix und Obelix sein. Der Obsolet von Cherburia, das ist das heutige Cherbourgh. Die Städte hießen ja früher alle anders. Und ein Obsolet, das ist so eine Art Stadtkommandant, ein Stadtkommandeur. Bei den alten

Mongolen, da gab's ja schon die Obsoleten von Samarkand, zuerst gab's die Satrapen und dann die Obsoleten. Die trugen so ganz, ganz schlanke, zugespitzte Helme, weiß ich noch. Hat mir Marco Polo erzählt. Nein, also, wenn ich ein Fremdwort nicht weiß, das ist bei uns in der Familie so Sitte, dann wird sofort das Lexikon oder das Fremdwörterbuch aus dem Schrank gezerrt. Da kennen wir nichts, da wird nicht lang gefackelt, und dann sitzt es aber auch lebenslänglich in unseren Hinterköpfen. Sofort auch einem Menschen die Meinung sagen, sag ich immer, nicht fackeln, nichts untern Teppich kehren, das ist ja ungesund, sondern sofort klipp und klar einem ins Gesicht hinein ganz konkret sagen: »Du bist doch einwandfrei ein ganz hundsgemeines, dummes, asoziales Schwein!« Und dann sofort weggehen, den anderen stehenlassen, sofort weggehen. Kein Gespräch, keine Debatte. Aus. Ende der Fahnenstange. Schluß! Dann ist alles wieder ok. Dann kann man wieder vor sich selbst gradesitzen. Oder was man an dem Tag so vorhat: Kaffee trinken. Tennis spielen. Frauen anmachen. Man hat dem anderen die Wahrheit gesagt, nichts als die Wahrheit, so wahr mir Gott helfe, und ist selbst bei der Wahrheit geblieben. Und ist selbst bei der Wahrheit geblieben. Geblieben, also mehr kann man doch eigentlich nicht verlangen!

*Und, wie gesagt: »Sie müssen bei uns im Schrank gesessen haben.«*